光文社文庫

文庫書下ろし

SCIS 科学犯罪捜査班Ⅳ

天才科学者・最上友紀子の挑戦

中村　啓《ひらく》

光　文　社

この作品は光文社文庫のために書下ろされました。

「SCIS 科学犯罪捜査班 Ⅳ」目次

SCIS 科学犯罪捜査班Ⅳ　おもな登場人物

小比類巻祐一……警察庁刑事局刑事企画課所属。警視正。34歳。SCISチームを率いる。

最上友紀子……元帝都大学教授。天才科学者。祐一の大学時代の知人。SCISチームの一員。34歳。

島崎博也……警察庁刑事局刑事企画課課長。警視長。42歳。

長谷部勉……警視庁捜査一課第五強行犯殺人犯捜査第七係係長。警部。47歳。SCISチームの一員。

玉置孝……警視庁捜査一課第五強行犯殺人犯捜査第七係捜査員。巡査部長。35歳。SCISチームの一員。

山中森生……警視庁捜査一課第五強行犯殺人犯捜査第七係捜査員。巡査。26歳。SCISチームの一員。

奥田玲音……警視庁捜査一課第五強行犯殺人犯捜査第七係捜査員。巡査。29歳。SCISチームの一員。

カール・カーン……国際的な非営利団体、ボディハッカー・ジャパン協会代表。

ＳＣＩＳ　科学犯罪捜査班Ⅳ

序章

「ここは寒いな」

沢田克也《さわだかつや》は小さく身震いした。

二メートルもの丈のあるカプセル型の容器《ポッド》がいくつもの列をなして並ぶさまは壮観である。ポッドの中には同じ顔、姿形をしたクローンたちが液体に浸かり、無数のチューブにつながった状態で眠っている。操作パネルに適切なコマンドを打ち込めば、いつでも目を覚ますはずだ。

彼らのうち半数は誰かの代わりに死ぬための存在である。目を覚ませば、だいたい二十四時間以内には死ぬ運命にある。受精卵のころからポッドの中で育てられたクローンたちは外界で生きていくことはできない。外界から隔絶され刺激にさらされずに育った生命は、神経系が発達せず、言語能力、運動能力ともに獲得されない。彼らにできることは、オリジナルまたは他のクローンへの臓器の提供および代理として死ぬことなのだ。

「悲しい運命だな」

沢田は独《ひと》り言《ご》ちた。つくづく自分がこの育成ポッドで眠るクローンのほうにならなくてよかったと感じる。沢田はもう半数のほうとして育てられた一人だ。

沢田克也にゲノムレベルで何か特別なものがあって、ポッドの外で動き回れる自由を与えられたわけではない。彼も同じクローンである以上、DNAは同一であり、彼らと何ら変わるところはないからだ。運命のいたずらとしか言いようがない。

気になるのは、いたずらがまだ続いていることだ。

沢田は真の意味で自由ではない。露見すれば、逮捕される数々の罪を犯している。やむを得ずに行った罪だ。しかし、死刑は免れまい。嘘をつけばまた嘘を重ねねばならないように、一度罪を犯せば、また罪を犯さずにはいられない。悪魔に束縛されているようなものだ。

また一人クローンが必要になった。

沢田は不満を嚙み殺すように歯ぎしりした。また罪を犯さなければならないのか。

育成ポッドの中のクローンと変わらない。しょせん自分はオリジナルあってのクローンなのだ。

沢田はようやく気づき始めた。自分がオリジナルにならない限りは、真の自由はけっして訪れないのだということを。

第一章　操縦されるヒト

1

「最上《もがみ》博士、実はちょっと話があるんだが」

警視庁刑事部と同じ階にある空き会議室にて、長谷部勉《はせべつとむ》警部が真面目くさった表情で最上友紀子《ゆきこ》博士に話しかけた。長谷部と最上の二人はSCISのメンバーであり、この日も先日に起きたSCIS案件の報告を兼ねた会議で顔を合わせたのだった。

SCISとは、〈サイエンティフィック・クライム・インベスティゲーション・スクワッド〉、すなわち〈科学犯罪捜査班〉の略で、最先端の科学技術の絡んだ不可解な事件を捜査するために、警察庁刑事局の小比類巻祐一《こひるいまきゆういち》警視正をトップとして結成された特別なチームだ。警視庁捜査一課の第五強行犯殺人犯捜査第七係の長谷部勉警部を実働部隊の長として、その下に三人の優秀ながら個性的な捜査員を置き、天才科学者の最上友紀子をアドバイザー的な存在として擁《よう》している。

最上はいつにない長谷部の真剣な顔つきに困惑していた。

「あらたまってどうしたの？　ひょっとして告白？　だとしたら、ハッセーはわたしにはちょっと年上すぎると思うんだけれど――」

「いやいや、そうじゃなくって……。聞きたいんだけどさ、ええっと、霊視ってあるのかなと思ってさ」

「メイシ？　わたしってばどこかに所属しているわけではないし、名刺は持たない主義なの。ごめんね」

長谷部は最上の正気のボケにくすりともせずに続けた。

「いや、霊視。〝幽霊〟の〝霊〟に〝視《み》る〟って書いて〝霊視〟」

「あ、霊視ね。超能力によって相手のことを何でも言い当てるっていう？　本当か嘘かはわからないけれど……」

最上がまじまじと見つめ返すと、長谷部は気まずそうに頭を掻いた。

「いや、おかしなことを言ってるのはわかってるんだ。おれも一カ月前なら霊視なんてものは信じなかった。それがさ、ちょっと友人に勧められて視てもらったら、これが何もかもすべてお見通しなんだよ」

「視てもらったって何を？」

「いやそのぅ……」

長谷部は言いにくそうにしていたが、やがて口ごもりながら言った。

「ええっと、これまでの恋愛運と……これからの恋愛運について」

まわりにいた部下の玉置《たまき》孝《たかし》巡査部長と奥田《おくだ》玲音《れおん》巡査、山中《やまなか》森生《もりお》巡査がやんやと騒ぎ始めた。

「主任、一度離婚しておきながらまだ懲《こ》りないんですか。馬鹿ですよ」

「主任ならきっといい人見つかりますよー。たぶん。きっと。ひょっとしたら……」

「主任、ぼくにもその占い師を紹介してください。いますぐ結婚したいんで！」

「馬鹿、占い師は結婚斡旋人《あっせんにん》じゃないんだ」

ぷりぷりと怒っている長谷部に、最上は真顔になって尋ねた。

「どんなことを当てられたの？」

「ええっと、おれが一回離婚していることや、おれの仕事が忙しすぎてすれ違いが起きたことが原因だったことや……。あと、いま現在、おれが婚活中であることや、必死さが相手に伝わって、それが原因でなかなか次の縁に結びつかないこととか……。って、何でおまえらの前でこんなプライベートなこと言わなくちゃならないんだ」

長谷部は、にやにやしている玉置たち三人の部下をにらみつけた。

最上はほとほと呆れたというように息を吐いた。

「あのね、ハッセー、こう言っては悪いんだけれど、そのぐらいのことならわたしでも当てられるんだよ」

「えっ？　どうやって？　おれのほうからは何にも情報を出してないんだぜ」

「ハッセーの年齢なら、だいたいの確率で結婚しているものでしょう。それで恋愛運を聞いているんだから、この人は離婚しているのかもしれないってことになる」

「ほう」

「それに、離婚の原因には何かのすれ違いって多いよね。恋愛運を聞いているんだから、婚活中なんだろうって思うし、がつがつ行けば、相手は引くだろうし……。みーんな、ちょっと考えれば、なるほど当たり前だなってことしか当てていないじゃない」

「なるほど……。いや、それだけじゃ説明できないこともある。元妻のほうはもう再婚して幸せな生活を築いていることなんておれは言っていないのに、ちゃんと言い当てたんだから。あと子供が生まれたことも」

最上はやれやれというように腰に手を当てた。

「たぶんそれだって、ハッセーとのやり取りの中で、相手はわかったんだろうと思うよ。あのね、コールド・リーディングっていってね、ちょっとした会話を交わすだけで相手のことを言い当てちゃうテクニックがあってね、霊能力者や占い師はけっこうこのコールド・リーディングを使っているの」

「うーん。ホントのところ、どうなんだろうなぁ」

長谷部は占い師とのやり取りを思い出すように首をかしげた。

「おれだって仕事柄、人を見る目にかけてはちょっとしたもんだっていう自負はある。そのおれが、たとえコールド・リーディングだとしても、そのタネがわからないんだからなぁ」

最上は仕方なしというように鼻から息を吐き出した。

「わかりました。じゃ、ユッキーがその占い師のところへ行ってみて、実際に視てもらいましょう」

「そうか。ありがとう。助かる」

玲音や森生までもがその占い師に視てもらいたいなどと盛り上がっていたが、祐一は占いや霊視などにはまったく興味がなかったので、さっさと会議を締めくくることにした。

2

上司の島崎博也《しまざきひろや》課長に呼ばれ、祐一は課長室に顔を出した。SCIS案件だろう。祐一は心なしか気持ちが弾んでいることに気づいた。いまではすっかり科学的に不可解なSCIS案件に夢中になっている自分がいた。

島崎は日当たりのよい応接セットの革張りの椅子の上で、一人コーヒーを淹《い》れているところだった。いつものようにストライプ柄の濃紺のスリーピースを一分《いちぶ》の隙《すき》もなく着こなしている。テーブルの上に捜査ファイルが置かれているのが目に入った。

島崎はカップから香りを嗅ぎ、旨《うま》そうに一口含んだ。大きな顔にフチなしの眼鏡をかけて、ぱっと見はインテリ風な警察官僚に見えなくもない。

「コヒ、人はなぜ自ら死を選ぶんだと思う？」

次はどんな事案を任されるのかと思いきや、いきなり自殺について哲学的な問いをぶつけられ、祐一は面食らった。今日は本題に入る前にちょっとしたおしゃべりを楽しみたい気分らしい。

自殺と関係する事件だろうか？　島崎の質問についてどう答えたらよいかと一瞬考えるが、島崎の場合、大半は答えを求めていないので、祐一は「さあ、どうしてでしょうね」と軽く受け流すことにした。

思ったとおりで、島崎はすぐさま口を開いた。

「嘆かわしいことに、わが日本では若者の自殺が深刻化している。おかしいじゃないか。本来ならば一番希望に満ち溢れているはずの年代の若者が自ら生命を絶つというのは」

「確かにそのとおりですね」

島崎はなかなか本題に入ろうとしない。祐一の応対に納得していないのだろうか。仕方がないので、祐一は自殺の統計について述べることにした。

「日本における死亡者の死因別のランキングでは、一位から三位が、悪性新生物つまりがん、脳血管疾患、心疾患の三大疾患が占めていて、自殺は年度によって差はあれど、必ず十位以内にはランクインしています」

「ああ、そのようだな」

さらに付け加えてみる。

「日本ではことさら若者の自殺が多いという認識がありますが、世界保健機関《WHO》によれば、二〇一五年における世界の十歳から十九歳までの若者の死因の一位は交通事故、二位は大気汚染などによる呼吸器疾患、三位が自殺であるということです。つまり、若者の自殺は世界規模で起きているわけです」

「まったく痛ましいことだ」

島崎は渋い顔をつくると、一口コーヒーを啜《すす》った。

「おれは不思議でならないんだよ。どうして、さあ、これからだっていう若者が自殺してしまうのか」

「それは……、若者に対して未来に希望を見せてやれない社会に問題があるんじゃないですか」

島崎が険しい顔つきになって、じろりと祐一をにらんだ。

「となると、おれたち大人の責任だってことになるな。おれはいったい何をするべきだったんだろうな」

「それを言われれば、わたしも何をするべきなんでしょうね……」

島崎は世間話をするために祐一をここに呼んだりはしない。さっそく本題に入ってもらうべく、祐一は島崎の手元にあるファイルを指差した。

「何か自殺に関する事案が持ち上がったんですか？」

島崎はテーブル越しにファイルを寄越した。開いてみると、ファイルには三人の若者の顔写真と簡単なプロフィールが入っていた。

「九月二日、明豊《めいほう》大学の三年生、若林亨一《わかばやしきょういち》、高知遥《こうちはるか》、鮎川則之《あゆかわのりゆき》の三人が同じ時間帯に、風来岬《ふうらい》という断崖絶壁の自殺の名所から、三人そろって投身自殺するという痛ましい事件が起こった」

「三人そろって……心中でしょうか？」

「さあ、どうなんだろうな。三人に目立った既往歴はない。いたって健康だったそうだ。若くて健康な学生三人組がどうしてそろって自殺したのか、理由が気になるところだろう。そこで、ＳＣＩＳのほうで調べてもらいたいと思ってね」

祐一は眉をひそめた。世の中で起きる不可解な死を調べることがSCISの任務ではない。科学が絡んでいる可能性のある案件だけのはずだが。

「自殺の理由探しですか……？　あるいは、他殺の線を疑っているとか？　何者かにナイフなどで脅され、やむなく飛び降りたという可能性もなくはないかと……」

「自殺の偽装か……」

島崎はつまらない話を聞いたとばかりに首を振った。

「もちろん、同じことを考えた県警の捜査員はいた。だがな、三人の検死はすでに済んでいるんだが、一人は脳挫《ざ》傷《しょう》、二人は溺死で、三人とも頭部以外に目立った外傷はなかった。争った形跡がまるでないんだ」

「反撃しても敵わないと思ったのかもしれません。たとえば、銃で脅されていたとか。それだったら防御創もつかないでしょう」

再び島崎は首を振った。

「三人が投身自殺を図ったのは、九月二日の夜九時前後だと推定されているんだが、三人は最寄り駅近くでレンタカーを借りて現場までやってきたことがわかっていて、周辺にある防犯カメラの映像からも裏付けが取れている。つまり、三人は彼ら自身の意志で風来岬にやってきたということだ。他には誰もいない。時間帯を考えても観光客もいなかっただろう」

祐一は、三人の若者が暗い断崖絶壁からそろって飛び降りるところをイメージして、ぶるりと小さく身震いした。

「不可解ですね」

「そう、不可解なんだよ」

「しかし、だからといって、本事案がＳＣＩＳ案件かと言われれば、わたしはどうかと思いますが」

島崎は前かがみになった。その目に異様な光が輝くのを見て、祐一はよくない興味を引かれた。

「コヒ、おれはちょっと考えてみたんだが、マインドコントロールの可能性はないか？」

「マインドコントロール？　三人が何者かに心を巧みに操られ、自殺するよう仕向けられたというんですか？」

「そうだ。陰謀論じゃないが、アメリカ政府がマインドコントロールの研究をしているなんて話をテレビのその手の番組で観たことがある。電磁波を使って人間の思考や行動をコントロールすることができるっていう話だ。そういえば、前におまえたちが担当した事件で、脳にマイクロチップを入れて感情をコントロールしようとした連中がいただろう。今回の事案も似たようなケースかもしれないと思ってね」

島崎の口から陰謀論という言葉が飛び出したことに驚かされたが、確かに島崎が指摘する方法でマインドコントロールができないとも限らない。祐一はそう考え直した。

「なるほど。わかりました。それでは、ＳＣＩＳを始動させましょう」

仕方なくそう言うと、島崎はほっとしたように息を吐き、椅子からさっと立ち上がった。

「それじゃ、可及《かきゅう》的速やかに捜査を進めてくれ。以上だ」

3

まず、祐一は長谷部勉警部に連絡を入れ、事情を説明すると、長谷部もまた本事案がＳＣＩＳ案件なのかどうかと疑ってきた。祐一は島崎のマインドコントロール説を話し、何とか長谷部を説得することに成功した。

長谷部は玉置ら三人の部下たちに対し、若林亨一、高知遥、鮎川則之の自殺に至るまでの行動について調べるよう命じた。

次に、祐一は最上友紀子博士に連絡をいれた。タイミングのよいことに、最上は都内におり、ホテルのスイーツビュッフェ巡りをしているところだという。いいご身分だ。

「本当に最上博士は甘い物好きですねぇ」

呆れて思わずそんな感想が口から漏れてしまう。

「祐一君って、ひょっとしてプリンとブリュレの違いがわからないタイプでしょう？」

最上は優越感に浸ったような調子で言った。呆れた口調が伝わってしまったらしい。

「あいにくブリュレなる言葉を聞いたのは初めてですが」

「そんなんじゃ、女子にモテないぞ〜」

「男子大学生三人が、自殺の名所でそろって身を投げるという痛ましい事件が起こりました。聞けば聞くほどに不可解な事案なんですが、とはいえ、ＳＣＩＳ案件なのかどうか測りかねているんです。最上博士のご意見をうかがいたいと思いまして」

島崎から聞いた話を詳しく話してやると、電話の向こうが沈黙した。最上が頭を稼働させているのだろう。

「島崎課長はマインドコントロールかもしれないと考えているようですが、正直なところ本事案に科学が絡むのかどうかよくわかりません」

「ふむふむ、解けない謎ってわけね。ミステリーを解くのは名探偵だけじゃないよ。科学者だって、ミステリーを解くんだから」

「なるほど、科学者の原動力はこの世界の謎を解き明かそうとする好奇心でしょうからね」

電話の向こうで最上がふっと笑うのが聞こえた。

「わかりました。ユッキー、馳せ参じます！」

祐一は好奇心の旺盛な最上の参戦を心強く思いつつ電話を切った。


三人の遺体は県から東京の東京都監察医務院に移され、監察医の柴山美佳《しばやまみか》医師が解剖を終えて待機してくれているという。祐一は長谷部と一緒に最上博士が泊まっているサンジェルマン・ホテルへ向かった。長谷部は相変わらず仕立てのよいスーツを着ていた。ネクタイもおしゃれな臙脂《えんじ》色のブランドものだ。いまも婚活を頑張っているのだろう。

ロビーで落ち合った最上友紀子もまたいつもどおりのおかっぱ頭に、きらきらのデコレーションの付いたTシャツ、その上にピンクのパーカーを着て、デニムのホットパンツに足元はビンテージ物か何かのスニーカーという出で立ちだった。いつもながら中学生ぐらいにしか見えない。

その日の夕方近くになって、祐一と長谷部と最上の三人は文京区にある東京都監察医務院を訪ねた。柴山医師はいつもの遺体保管庫ではなく、一階ロビーにある薄暗い待合室で待っていた。

白衣に身を包んだ柴山は、金髪のツーブロックに、ぎらぎらしたいくつものピアスを光らせていた。胸元から覗くサソリのタトゥーは相変わらずどぎつい。

四人はテーブルを囲むようにして腰を下ろした。

「本件はSCIS絡みなのかしらねぇ……」

柴山は腕組みをしたまま開口一番そう言った。

「解剖してみたんだけど、三人ともにこれといった異常は見当たらなかったのよ」

祐一は柴山が困惑した様子なのを初めて見た。

「開頭はされましたか？　脳にインプラントなどはありませんでしたか？」

柴山は質問の意図がわかると、なるほどという顔をした。かつて脳内にマイクロチップをインプラントし、感情をコントロールしようとした事案を思い出したのだろう。

柴山はゆっくりとかぶりを振って答えた。

「わたしはいつだって、必要のないときだって、開頭はしてみるんだけど、脳にインプラントのようなものはなかったなぁ」

長谷部がため息交じりに言った。

「あらら、脳内インプラントによるマインドコントロール説は却下か……」

祐一は最上のほうをうかがった。

「最上博士、何かご意見があれば」

最上は「ふむ」と眉間《みけん》にしわを刻み、口を尖らせた。子供が無理をして小難しい顔をつくっているようにしか見えない。

「二〇一五年から一六年にかけて、ロシアでSNS内のあるコミュニティの運営者が、コミュニティに集まった自殺願望者たちに〝自殺に追い込むゲーム〟をさせて実際に大勢を自殺させたという事件があったんだけれど……」

祐一は驚かされた。

「そういうマインドコントロールの仕方もあるんですか。それは極めて特別な事例のようですね。今回の事案では、三人の学生は健康だったとのことですし、自殺願望があったとは聞いていませんし……」

長谷部が祐一の視線を受けてうなずいた。

「タマやんに連絡して、一応、三人がＳＮＳ絡みの危険なゲームをやっていなかったか調べさせよう」

最上が小難しい顔をしたまま続けた。

「一方で、道具を使ったマインドコントロール説にこだわるんなら……、マイクロチップに頼らない、非侵襲型のマインドコントロールっていうのも理論的には可能なんだよね。たとえば、ヘッドギアのようなものを装着して、電磁波を放射することで、思考を一定の方向へ向かわせる研究なんかは行われているの。誰かがその技術を応用して、三人に自殺願望を抱かせるようにコントロールした可能性は否定できない……かな？」

長谷部が顎を撫でながら首をかしげた。

「その場合でも、ヘッドギアは必要なんだろう。初動を行った県警の捜査書類には目を通したが、現場にそのような装置は欠片《かけら》も見つかっていないようだ。だいたいレンタカー店の店員も、三人がヘッドギアを装着していたとは言っていなかったしなぁ。三人が自分の意志で現場まで車を走らせたのは間違いないと思うんだよ」

「ふむ。となると、足を滑らせたとか事故死の可能性が高いんじゃないかなぁ」

「事故死ですか……」

何だかそれが一番納得のいく理由のような気がした。

長谷部のほうはまだ何かを疑っているようだ。

「事故死ねぇ。三人が三人とも同時に同じように足を滑らせるっていうのもなぁ……。まあ、結論を下すのは、タマやんたちの報告を待ってからでもいいんじゃないか？」

「そうですね」

祐一はどうもあまり期待はできそうもないと予感していた。

4

翌朝八時半、警視庁にある捜査会議室に、祐一、最上、長谷部と彼の部下の玉置孝、奥田玲音、山中森生の三人が集まった。それぞれ個性的かつ問題がなくもなかったが、なかなかに優秀な刑事たちである。

玉置孝は例のごとく型崩れしたスーツを着ていた。茶髪気味の髪はワックスにより無造作ヘアが演出され、若干チャラさがにじみ出ている上に、今日もまた音を立てながらガムを噛んでいる。

祐一が見咎《みとが》めるように見ていると、玉置はポケットからガムを取り出し、祐一が欲しがっているとでも思ったのか、一枚抜き出して、「いります？」と聞いてきた。

「いや、けっこうです」

祐一は内心ため息をついた。

今年三十歳になる奥田玲音は、白のインナーに濃紺のパンツスーツという出で立ちだった。長い髪は後ろにひっ詰めている。冷静沈着に見えるが、見えるのは見かけだけで、誰よりもテンパるのが早い。率直なところ、玲音にだけは拳銃の携行を許可したくないのだが……。

二十六歳最年少の森生はというと、くたびれたダブルのスーツに小太りの身を包み込んでいた。大変な汗掻きで、先ほどからひっきりなしにハンドタオルで顔と首筋を拭っている。祐一と視線が合うと、言い訳をするように、「まだ残暑が厳しいですよねー」

などと言った。

　長谷部が場の空気を一新するように手を叩いた。

「それじゃ、タマやんから報告してくれ」

　玉置の顔つきがすでに仕事モードに切り替わっていた。

「三人は明豊大学理学部の三年生だったんですが、普段は大学にはほとんど顔を出さず、もっぱらユーチューブ動画の制作を行っていたそうです」

「はいはい。いまはやりのユーチューバーってやつな」

　長谷部が真っ先に応じたが、はたしてユーチューブを観たことがあるのだろうかと、祐一はいぶかしんだ。

　玲音が補足するように口を開いた。

「三人はそこそこ人気のあるユーチューバーだったみたいですよ。三人のチャンネル名〈マスケティアーズ〉の登録者数は三五万人もいたそうですもん。ちなみに、マスケティアーズは〝銃士〟って意味ですよ。〈三銃士〉のトロワ・マスケティアーズをイメージしたんでしょうかね」

「何だか、無味乾燥で安易なネーミングだな」

森生が興奮気味に語る。

「主任、登録者数三五万人っていったら、相当ですよ。そりゃ、ヒカキンと比べたらいけませんが、三五万人の視聴者がいれば、広告収入だけで、嫌らしい話、うちらの年収を超えるかもしれませんよ」

「げっ、そうなの？」

長谷部が目を丸くした。

玲音もまた目を丸くしていた。瞳孔が開いているのだ。

「主任、いいこと考えちゃいました！　現役警察官が捜査の模様をスマホのカメラで撮影して動画をアップすれば、すっごいチャンネル登録者数増えると思うんですよ。今回の事件なんかもミステリアスじゃないですか。これを撮影してうまく編集して音を入れれば、ちょっとしたドキュメンタリー番組みたいになるんじゃないですかね？」

「玲音、副業でクビになりたくなかったら、おとなしくおまえがやるべきことをやっていろ」

「はーい……」

祐一は場に緊張感をもたらすためにも自分が発言しなければと思った。

「そのマスケティアーズの番組の内容はチェックしましたか?」

玉置がうなずいた。

「もちろんっす。彼らはいわゆるエンタメ系と呼ばれるユーチューバーで、身体を張っていろいろなことにチャレンジしたりするんですよ。たとえば、一週間無人島で暮らしてみましたとか、いわくつきの廃墟を訪問してみましたとか……。素潜りをしてサメと闘う動画があるんですが、それなんて現時点で五〇〇万回再生されていますよ」

一同は顔を見合わせた。怪訝《けげん》な表情が浮かんでいる。ますますもって、三人の若者が投身自殺をする理由がわからなくなったのだ。

「あ、そうそう」

玉置が思い出したように付け加える。

「主任から聞かれた、三人がSNS絡みの危険なゲームをやっていないかってことですが、残された三人のスマホやパソコンの端末を解析したんですけど、その手のゲームは三人ともやってなかったみたいですよ」

長谷部が納得するようにうなずく。

「身体を張ったユーチューバーをやるぐらい元気なら、だいたい自殺願望者じゃないだろうよ」

　祐一は玉置に尋ねた。

「死亡する直前に行った企画は？」

　玉置はノートパソコンを操作して、マスケティアーズのユーチューブチャンネルのページを表示させた。

「えー、八月下旬、最後にアップした動画は、トロール船に乗ってダイオウグソクムシを獲りに行って食べるという企画ですね」

　長谷部が吐き気がするというように顔をしかめた。

「ダイオウグソクムシって、一時期流行《はや》ったあのダンゴムシのでかいやつだろ。あんなもん食って大丈夫なのかよ」

「えー、食べましたよ」

　玲音がすました顔でそう答える。

「中華街でダイオウグソクムシのフライを出してくれる店あるんですよ。エビみたいな味がして濃厚でおいしかったですよ」

「どうも玲音の感想は当てになりそうもないなぁ」

「ちょっとそれ、どういう意味ですか？」

祐一は二人のやり取りを無視して、目の前のパソコンを指し示した。

「ちょっと見せてもらっていいですか？」

玉置がノートパソコンを操作した。画面に映し出されたのは、三人の大学生のユーチューブのチャンネルページで、動画のリストの一番上に、〈ダイオウグソクムシを食らう！〉というタイトルの動画があった。

玉置が動画のアイコンをクリックして再生させると、最上と長谷部もまた祐一の両隣から覗き込んだ。

三人の学生がどこかの港に立っている。テロップでそこが駿河湾《するが》を望む静岡県沼津《ぬまづ》市の港であるとわかる。彼らの背後には青々とした海が広がり、一艘《そう》の真っ白なトロール船が停泊している姿が見える。雲一つない快晴で、三人も負けず劣らず晴れやかな顔をしていた。

三人はトロール船の船長らしき男性に挨拶をして一緒に甲板に乗り込んだ。そこから先は海の景色ばかりの映像が続くのだが、編集ですぐに、前日船長がトロール網を仕掛けておいたという漁場が映された。電動のモーターで仕掛け網がどんどん巻き上げられていく。

三人の解説からすると、トロール船は深海漁撈《ぎょろう》を専門にしており、深海に棲《す》む魚を捕獲するのが目的らしい。その過程で、ダイオウグソクムシなども一緒に獲れるのだという。薄灰色のダイオウグソクムシが網にかかった。三人はそれを見て歓声を上げる。三十センチくらいはあるだろうか。ダンゴムシのお化けのようでもあり、宇宙の果てからやってきたエイリアンのようでもある。

マスケティアーズは、生のダイオウグソクムシを見られたことで大喜びである。船長がやってきて、ダイオウグソクムシを焼き網を載せたガスコンロの上に置き、金属のボウルをかぶせて蒸し焼きにした。

三人はそれを食べて目を輝かせながら、「エビとおんなじ味だ。いや、エビよりも濃厚だ」と、玲音が言ったようなことを叫んだ。リーダー格の若林が、「生で食べても旨いんだろうか」と疑問を呈し、三人は生のダイオウグソクムシを食らうことにした。生きている個体のお腹にナイフで切れ目を入れて、エビ反りにして引っ張ると半分に千切れ、透明な身が露出した。エビの身に似ていないこともない。

三人はそれをむしゃむしゃと食べた。「旨い！　旨い！」の連呼である。

動画はそれから〆《しめ》の言葉があって終えられた。

「こいつら、よく食中毒にならなかったな」

見終えた長谷部の感想である。

祐一は考えた。これが彼らにとって最後の動画であるが……。

「動画がアップされたのが、八月三十日……、しかし、編集作業もあることでしょうし、この映像を撮ったのはもっと前でしょう」

玉置がうなずく。

「ええ、マスケティアーズはユーチューバー系のタレント事務所ヴァームに所属しているんですが、事務所の社長によれば、彼らの最後の仕事というのが九月二日のもので、自殺の名所の風来岬を夜中に訪ねに行って、自殺志望者を見つけたら、思いとどまらせるように説得するという企画だったようです。結果、自分たちが自殺してしまったんですが」

「その動画は残っているんですか？」

「ええ、未編集の動画のデータが残ってました。観ましたけど、彼らが宿泊する予定だった最寄り駅近くの〈龍宮《りゅうぐう》〉っていう旅館の部屋の映像しか映ってないんです。肝心の自殺の名所の風来岬の映像がないんです。そこに向かう道中の映像もないんですよ」

長谷部が疑念を浮かべた顔つきになった。

「それはおかしな話だな。実はおれ、ユーチューブって観たことないんだけどさ、テレビの企画と同じように考えれば、道中までの映像だって大事だろうし、現場に行きながら現場の映像が一つもないっていうのはどう考えてもおかしいよな」

玉置も長谷部の意見に同意した。

「おれもそう思うっす」

祐一は最上のほうをうかがった。最上は難しい顔をしている。

「旅館を出たときから、何だか彼らは夢遊病にでもなったような感じだね。まるでマインドコントロールされたみたいにね？」

長谷部がうめくような声を上げた。

「何だ、最上博士まで、結局マインドコントロール説支持か。でも、どうやってマインドコントロールしたのかは謎なんだよなぁ」

最上は「ふむ」と息を吐いたきり、黙り込んでしまった。

5

祐一たちは、ユーチューバー〈マスケティアーズ〉こと若林亨一、高知遥、鮎川則之の三人の大学生が最後に訪れた現場に向かった。風来岬は日本海側にある某県の海岸沿いにある一帯で、新幹線、電車、バスを利用して、だいたい四時間半の道程である。

最上がグリーン車での移動を訴えた。普通車の狭い座席で長時間座っていたら、エコノミー症候群になってしまい、最悪死んでしまうというのだ。そこまで言われたら仕方ない。祐一はグリーン車のチケットを取ることにした。

祐一と最上は隣り合わせの席に座った。さっそく最上が駅で購入した最中《もなか》を勧めてきたのでやんわりと断り、いまの段階で最上が頭の中で考えていることを披露してくれるように頼んだ。

「最上博士、今回の事件ですが、非常に不可解かつ厄介です。博士はどのように見ていますか?」

「ねえ、祐一君、テフロン加工の施されたフライパンはなぜくっつかないか知ってる？」

最上は祐一の顔も見ずに、最中を頬張り続けた。柔らかい皮がぱらぱらと服のあちこちに落ちていく。

質問の意図がわからなかったが、これは祐一の質問とは無縁に思えて、実のところは密接に関係するのかもしれない。

「いえ、わかりませんが」

「実はテフロンって商品名なんだけれど……、もともと冷蔵庫の冷却用にフロンガスの研究をしてて、間違ってできちゃったものなの。テフロンとはフロンガス用のフッ素と炭素が結びついたもので、恐ろしく結合が強いから、他の分子と化学結合しない。つまり、焦げ付かないってわけ。

そして、テフロンよりもすごいのが、準結晶と呼ばれる摩訶《まか》不思議な物質でコーティングされたフライパンなの。準結晶というのはダニエル・シェヒトマンが発見して二〇一一年にノーベル化学賞を受賞した物質なんだけれど、固体でありながら結晶でも非結晶でもないっていう、いままではありえないとされた特別なものなのね」

「はぁ」

あまり理解できなかったが、話についていこうと努めた。

「一説によると、この準結晶というのはわれわれの住む三次元ではなくて四次元の構造ではないかって言われているの。準結晶のフライパンは次元が違うために、食材の分子とも干渉し合わず、焦げ付かないいんじゃないかって……。準結晶は四次元構造の影に当たり、フライパンの底には異次元空間が広がっているんだとも……。つまりは、フライパンの裏側には目に見えない高次元構造物がぶらさがってるのよ」

とても奇妙な話だった。四次元のフライパンとはいったいいかなる構造なのだろうか。

「しかもね、四次元は時間連続体なのでずっと動いているから、準結晶を加熱すると、高次元構造物の運動に合わせて、結晶構造が周期的に消えたり現れたりするの。不思議でしょう？」

「なるほど、それは摩訶不思議な話ではありますが、その話といまかかわっている事案とがどう関係するんですか？」

「誰も関係するとは言ってないじゃない。雑談よ、雑談」

祐一は呆れ果てて、どっと疲れたため息を吐いた。

「最上博士はマインドコントロール説をいまも支持しているようですね？」

「うーん、マインドコントロールされたと考えるのが一番すとんと腑《ふ》に落ちるという、それだけのことよ」

最上はそれだけ言うと、二つ目の最中に手をつけた。

マスケティアーズの三人は、最寄り駅近くの龍宮という旅館で一泊する予定で予約を入れており、近くのレンタカー店でミニバンを借りていた。それらのことは、彼らが撮影した未編集の動画から判明している。

祐一たちはまず龍宮を訪ねた。フロントで来意を告げると、黒いスーツに蝶ネクタイという恰好《かっこう》の支配人の男性が出てきて応対してくれた。渡された名刺には松川昇《まつかわのぼる》と記されてある。

マスケティアーズの面々、若林亨一、高知遥、鮎川則之の写真を見せ、見覚えがあるか尋ねると、松川はすぐに思い出したようにうなずいた。神妙な表情になったのは、三人が自殺したというニュースを耳にしているからだろう。

「はい、覚えております。大部屋を予約されました。ユーチューバーをされているということで、うちの旅館の外観や室内を映して、その動画を公開してもよいかと尋ねられました。もちろん、うちとしても宣伝になりますので快諾いたしました」

「三人はどこへ向かうか話していましたか？」

祐一は尋ねた。

「自殺の名所を巡る企画だとかで、夜の間に、風来岬に行かれるとのことでした」

横から最上が割って入った。

「ねえねえ、三人はその後、自殺するような雰囲気だった？」

松川はぶるぶると首を振った。

「いえ、とんでもありません。みなさんとても明るくて、元気な様子でしたから、あのあと自殺しただなんて、もう本当にびっくりいたしました。事故にでも遭ったんじゃないかと考えていたくらいです」

龍宮をあとにすると、レンタカー店へ行って、同様の質問を投げかけてみたが、そこの店員もまた同じように、三人が自殺するようには見えなかったと語った。

「投身する直前まで不審な点なしか……。少なくとも自殺の線はなさそうだな」

長谷部が結論付けるように言った。

祐一にも異論はなかった。

「となると、事故か、他殺か……でしょうね」

一同はレンタカー店で車を借り、風来岬へ向かった。三十分ほどのドライブののち、海にせり出した岩場地帯が目の前に迫ってきた。その向こうは紺碧の大海原である。風来岬は波の浸食によって形成された断崖絶壁の一帯だった。

三人は車を降り、絶壁の縁のほうまで歩いていった。手すりや欄干《らんかん》のようなものはない。誰でもその気にさえなれば、海へ落っこちていけるような感じだった。

長谷部は崖の縁からあたり一帯を見晴らした。晴天の秋空を頭上に、断崖絶壁の下で波浪が岩に当たり、白いしぶきを上げていた。穏やかな海風がやってきて、長谷部の薄くなった頭髪を乱した。

自殺の名所として有名で、確実に死ねるような場所であるとはいえ、晴天の下でながめる限り、過去にそのような痛ましい出来事が数多くあったとはとても思えないような清々しい美しさがあった。

「自殺の名所というから恐ろしい場所をイメージしていたんだが、どうしてどうして風《ふう》光明媚《こうめいび》な観光名所じゃないか」

長谷部は祐一のほうを振り返った。

「思ったんだけどさ、三人は自殺でもマインドコントロールでもなく、断崖絶壁の際《きわ》で調子に乗って、危ないことをして落っこちたんじゃないか？　ユーチューバーってそういうことをするんだろ。ここを訪ねた時間帯は夜中だったっていうし、暗くて崖の際が見えなかったんだよ。それなら、三人が三人とも同時に足を滑らせるっていうこともあるかもしれない」

祐一は少し考えてから言った。

「いえ、それはありえないと思いますね」

「どうしてそう言い切れる？」

「三人が所持していたビデオカメラや録音機器が車に残っていたからです。三人は崖から身投げする直前、カメラを回していなかった。ユーチューバーが悪ふざけをするのなら、カメラが回っている前で、ではないですか？　それに、三人そろって誤って落ちるというのはやっぱり考えにくいでしょう」

長谷部は頭をがしがしと掻いた。

「なるほど、やっぱり現実的に考えればそうだよな。自殺でも事故でもない。じゃあ、他殺しかないってことになる。実際、自殺の名所ってところでは、どこでも自殺を偽装した他殺が起きているからな」

「その議論はしましたが、他殺も考えにくいんです。三人は自分たちだけでレンタカーを借りてきているんですから」

「何者かがここで三人を待ち構えていたってこともあるかもしれないぜ」

「なるほど、それなら他殺もありえますね」

祐一は素直に納得した。

「もっとも、防御創《ぼうぎょそう》が一つもなかったことには疑問は残りますが」

「あーあ、自殺でも事故でも他殺でもないとする。だったら、どうして三人は崖から落ちたんだ……？」

長谷部は大きな独り言をつぶやくと、スマホを取り出して、玉置に連絡を入れていた。

「あ、タマやん、ちょっと聞きたいんだが、三人は誰かとトラブっていたとかそういうことはなかったか？」

長谷部がスピーカーにしたので、玉置のけだるげな声が聞こえてきた。

「あー、いわゆるアンチって呼ばれてる連中はいたみたいっす。ユーチューブの動画のコメント欄に罵詈雑言《ばりぞうごん》を書き込むような輩《やから》がいるんですよ。とはいえ、マスケティアーズが所属していたヴァームに聞いてみたんですが、殺害予告のようなものはなかったようです。ネットのユーザーに殺されたとはちょっと考えにくいっすね」

「ネット上じゃなくて、プライベートなところでトラブルがあったかもしれないじゃないか」

「いまのところ、そういう話は出てませんね。交友関係をもっと当たってみますけど」

長谷部は通話を切ると言った。

「こりゃ、ホントに迷宮《おみや》入りしそうな事件だぞ」

内心ため息をついたところで、祐一のスマホが鳴った。いつもと変わらないメロディだが、なぜか不吉な音色に感じられた。

相手は島崎からだった。祐一は長谷部と最上にも聞こえるよう、スマホをスピーカーにしてから応じた。何か緊急の事態が起こったのだろう、島崎の声は緊張を帯びていた。

「コヒ、またユーチューバーが二人自殺した。神奈川の宮乃瀬《みやのせ》湖にかかる天《あま》の大橋《おおはし》からの投身自殺だ。いったいどうなっているんだ……？」

「またユーチューバーが……」

ユーチューバーばかりが自殺するというのは明らかにおかしい。自殺や事故のはずがないと確信した。

やはりこれは殺人事件に違いない。

「課長、そのユーチューバーの所属事務所はどこかわかりますか?」

「ええっと、ヴァームという事務所だそうだ。知っているのか?」

「先に自殺した三人が所属していた事務所です」

島崎も驚いていた。

「そうなのか……。彼らもまたユーチューブチャンネルの企画中に身投げしたらしい。現場近くの駐車場には彼らの車が駐められていたし、カメラなどの機器も車に積まれてあった。地元警察が調べた限りでは、何者かが偽装したというわけでもなさそうだ。つまり、殺人の線は考えにくいと……」

マスケティアーズとまったく同じ状況である。

自殺でも事故でも他殺とも考えられない。殺人に違いないと思うのだが、殺人の線も考えにくい。まったく難しい事案である。

「同じ事務所に所属するユーチューバーが五人立て続けに自殺するとは……、何か裏があるとしか考えられん。だから、言っているじゃないか。マインドコントロールされたんじゃないかって。コヒ、最上博士は何と言っている？」

その問いには最上が直接答えた。

「うーん、何らかの方法でマインドコントロールされた可能性までは捨てきれないけど、いまのところその方法はわからないなぁ」

「最上博士でもわからない方法でマインドコントロールをするとは……。そうだ。念を飛ばすことはできないのか？　自殺しろ自殺しろと念を飛ばして自殺させることは――」

馬鹿馬鹿しいので、祐一は途中で通話を切った。

三人の間に沈黙が降りた。三人の顔には困惑が張り付いていた。波の寄せては返す音だけが厳《おごそ》かに響いている。

祐一は考えを整理するように口に出してみた。

「本当に不思議な事案ですね。マスケティアーズの三人の事案と新たに起きた二人のユーチューバーの事案とには、何か関連性があるはずです」

長谷部も同意する。

「うん、ないわけがない。ないんだが、このままだとどっちも自殺ということで処理されそうだな」

「二つの事案には共通する点もあります。二組ともユーチューバーであったということ、そして、ヴァームという事務所に所属していたこと……」

「あっ、もう一つあるぞ」

長谷部は波の音が繰り返される海のほうを指差した。

「自殺の方法が同じだってことだ。二組のユーチューバーともに水に飛び込んで自殺を図った。ただ死にたいなら自殺の方法は他にいくらでもあるはずなのに、なぜか水に身を投げているんだ。まあ、だからどうしたっていうような共通点だが」

祐一はそのことにいま気づいた。

「確かに、それもまた奇妙ですね」

最上は腕組みをして黙ったまま考え込んでいたが、やがて何かに思い至ったかのように、「ふむ」とあいまいな言葉を発した。

「最上博士、何か思い当たる点でも？」

「ううん、何かあるかなぁって頭の中を探し回ってみたけれど、結局、めぼしいものは見つけられなかったの。ごめんね」

最上はそんなことを言ったが、何かに気づいたのではないかと祐一は勘繰《かんぐ》った。最上の中で確実な手ごたえを得るまで時間が必要ならば、待つしかあるまい。

「とりあえず、新たに自殺した二人のユーチューバーについても調べを進めましょう」

6

天の大橋で自殺した二人、吉田武《よしだたけし》と吉田孝《たかし》は〈WTブラザーズ〉というコンビ名で活動していた兄弟であった。マスケティアーズとWTブラザーズは同じヴァームという事務所に所属しているユーチューバーという共通項がある。逆にいえば、生前の共通項はそれだけだった。

ヴァームに何かあるに違いない。そんな期待を抱いて、ヴァームが事務所を構える渋谷へと向かった。道玄坂《どうげんざか》近くの瀟洒《しょうしゃ》なマンションの一室に事務所は入っていた。

社長の夏川大祐《なつかわだいすけ》が対応した。夏川は三十代半ば、分厚い眼鏡をかけたオタクっぽい風貌ながら、体重は百キロを優に超すのではないかと思われるほどの巨漢だった。着古された半袖にぼろぼろのジーンズという出で立ちである。事務所の五人の売れっ子タレントが自殺したことに相当参っているようで、すっかり憔悴《しょうすい》した顔つきをしていた。

リビングに応接セットがあり、祐一たちはそこへそれぞれ腰を下ろした。アシスタントと思《おぼ》しき若い男性が四人分のコーヒーのカップを配り終えると、夏川は悲痛な面持ちで口を開いた。

「五人が自殺をする理由がまったくわかりません。彼らはうちの出世頭で、確かに忙しかったですが、それは本人たちも望んでいたことですし、何不自由なかったはずですよ」

祐一は尋ねた。

「五人をうらんでいる人物に心当たりはありませんか?」

殺人の可能性をほのめかしたようなもので、夏川は驚いたような顔つきになった。

「うらんでいる人物というのはちょっと思いつきません。いや、アンチと呼ばれる連中はいることはいました。彼らの中にはかなり粘着質なやつもいて、タレントの自宅まで特定しようとする者もいますけどね」

長谷部が勢い込んで頼んだ。

「特に悪質と思われるユーザーはこちらで素性を調べますので、教えてください」

夏川が近くのデスクからノートパソコンを持ってきたとき、最上が思いついたように口を挟んできた。

「でもさあ、マスケティアーズとWTブラザーズは同じユーザーから嫌がらせを受けていたわけなの？」

夏川は身体をぴたりと止めて首を振った。

「いえ、彼らはファン層も違いますし、嫌がらせをしてくるのは同じユーザーにはいなかったかと思います」

「もしも他殺だとしたら、犯人は同一人物だと思うから、アンチは関係ないんじゃないかな」

「そうかもしれないな……」

長谷部はちょっとがっかりして肩を落とした。

祐一はさらに尋ねた。

「亡くなった五人の共通項はこちらの事務所に所属しているユーチューバーであるというただその一点だけなんです。何か心当たりはありませんか？」

夏川は頭を働かせようとするように眉間にしわを寄せた。

「いいえ。すみません、何も思いつきません。しかし、いったい誰がどうやって……」

長谷部がコーヒーを口にしてから言う。

「こちらの事務所に所属しているということ以外に、五人には何か共通項があるはずなんですがねぇ。五人には親交はあったんですか？」

「いや、特にはないと思いますね」

「五人が一緒になることはなかった？」

「たまにコラボ企画とかで一緒になることはありましたが、基本的にファン層が違うのであまりないですね」

最上が無邪気なふうに尋ねた。

「自殺をする直前に、五人が一緒になるようなことはなかったかな？」

夏川は思い出そうとするように虚空《こくう》をにらんだ。

「うーん、そういえば、九月一日に、打ち合わせでたまたま五人がここに集まったことがありました」

「なぜ集まったんですか？」

祐一が尋ねてから夏川が答えるまでに、少しだけ間があった。

「えぇっと、契約書の更新の件です。事務的な手続きが必要でして……」

夏川は言葉を濁した。何か言いたくない内々の事情でもあるのだろうか。

最上が再び尋ねた。

「ねえねえ、そのとき、五人は何かを食べたり飲んだりしなかった？」

祐一は不可解な質問をした最上を見た。やはり最上には何か思いついたことがあったらしい。

夏川はかぶりを振った。

「いいえ、何にも食べたり飲んだりはしていないと思いますよ」

すると、アシスタントの男性が口を挟んだ。

「ぼくが出したコーヒーくらいですよ」

「ああ、そうですね。そのくらいですね。みなさんがいま飲んでいるものです」

最上がコーヒーカップを不審そうに見た。

アシスタントの男性が続ける。

「あと、企業さんからいただいたスポーツドリンクのペットボトルを差し上げました。

それはみなさん持ち帰られましたけど」

「ああ、そうだったそうだった」

夏川がうなずいている。

最上が今度は二人に尋ねた。

「ねえねえ、そのとき他には誰かいなかったかな？」

夏川がアシスタントのほうに手を向けた。

「わたしとアシスタントの山田《やまだ》だけですよ」

「古屋敷《こやしき》さんがいたじゃないですか」

またもアシスタントの山田が口を挟むと、夏川は思い出したというように太腿を叩いた。

「ああ、そうでした……」

「古屋敷さんって誰？」

「古屋敷豊《ゆたか》さんっていって、元帝都《ていと》大学の講師の先生だった人で、いまはサイエンス系エンターテイナーをやっているタレントさんがいるんです。ですが、なかなか企画の件で折り合いがつかず、うちとの契約を解消することになったんです。その件でそのときいらしてたんでした」

　最上がさらに尋ねる。

「その古屋敷さんって人は帝都大学で何の専門だったの？」

「ええっと、バイオテクノロジーでしたかね」

　夏川が簡単に説明を終えようとすると、またしても山田が横から答えてしまうのだった。

「でも、本人曰く、自分は寄生虫の専門家だって言っていましたよ。大学のほうはそんな儲からない研究にカネを出すわけにはいかないから、古屋敷さんは肩身が狭くなってやめてしまったんです。それで、ユーチューバーになったんですよ」

　夏川は力なくため息を吐いた。

「なったはいいけど、ユーチューブでも寄生虫の企画ばかりで、ぜんぜん動画の再生数が伸びないので、うちとの契約を解除してもらうことにしたんです。それでお越しいただいたんでした」

　捜査本部の会議室に戻ってみると、玉置と玲音、森生の三人も帰還していた。彼らはそれぞれコンビニで購入したサンドイッチやおにぎりを食べ、缶コーヒーを飲み、すっかりくつろいだ様子だった。

長谷部が怒気をはらんだ声で言った。

「何だかすっかりリラックスムードだが、何かわかったことはあったのか？」

玉置がガムを嚙みながら応じた。

「えー、天の大橋の現場に行ってみたんすけど、目新しいネタは何もなかったっす。さーせん」

玲音が長谷部に逆切れ気味に返した。

「ていうか、主任のほうこそ何か発見があったんですか？」

「いや、ないんだ、それが……」

「じゃあ、おあいこですね」

「むう……」

森生が困惑して口を開く。

「この事案ってほんとのところ何なんですかね。自殺のようでありながら自殺ではない。他殺のようでありながら他殺でもない。で、事故でもなさそう。じゃあ、何なんですかね？　そうだ。霊視があるなら、幽霊の仕業《しわざ》っていうこともあるかもしれませんよ。何せ自殺の名所なんだし、いままで自殺した霊たちの怨念が――」

「ちょっと黙っていてくれるか、森生。っていうか、コヒさん、この事案はいったいどうなってるのかね？」

祐一はつい最上のほうをうかがってしまった。

最上は持参してきた水筒からコーヒーをカップに注ぎ、ふうふうと息を吹きかけてから一口含み、「あちち」などと言って苦笑いしていた。

自分に一同の視線が注がれていることに気づきながら、わざとやっているふうなところがあった。

「最上博士、何かわかったようですね」

祐一は最上をにらみつけながら声をかけた。

「何だかうれしそうですものね」

最上は相好《そうごう》を崩した。

「そうなのよ。わたしってば犯人が誰かわかったのよ。ついでに、その殺害方法もわかったの」

「犯人は誰なんですか？」

驚いて勢い込んで尋ねると、最上は断じるように言った。

「古屋敷さんに決まってるじゃない」

「事務所をクビになった腹いせに、自分より人気のあるユーチューバーを殺害したというんですか？　動機としてはどうかと思いますが、しかし、どうやって？　殺害の方法は？」

「古屋敷さんは寄生虫の専門家だったんでしょう。一部の寄生虫は、寄生した宿主《しゅくしゅ》の行動を操るのね。まあ、マインドコントロールというより、脳を操作すると言ったほうがいいかもしれないけれど」

最上は「ちょっと貸してね」と玉置からノートパソコンを奪い、あらゆる寄生虫の画像が見られるページを開いた。

「まず基本的なことから説明すると、そもそも寄生っていうのはね、ある生物が他の生物から栄養やサービスを一方的に収奪する共生関係を指すのね。で、寄生虫がいかに宿主を自分の都合のよいようにコントロールするのかといえば、一例を挙げると、あー、これは有名だから映像とかで見たことあるかもしれないけど、ロイコクロリディウムっていう吸虫の一種は、鳥とカタツムリという二つの宿主の身体の中を行ったり来たりすることで、成長繁殖するんだけどね」

「また話が長くなりそうな予感がするな……」

長谷部の嫌みも聞こえないようで、最上は続けていくのだった。

「まずロイコクロリディウムに寄生された鳥が地面に糞《ふん》を落とすでしょう。その糞にはロイコクロリディウムの卵が含まれていて、その糞を近くにいたカタツムリが食べるとロイコクロリディウムはカタツムリの身体の中で孵化《ふか》して成長していくのね。でも、ロイコクロリディウムが卵を産める場所は鳥の身体の中しかないから、また鳥の身体の中に戻らなくちゃならない。じゃあ、どうするか？」

「あの、その話は長く――」

祐一の言葉も耳に入らないようで、最上は声を大きくして続けた。

「そこで、ロイコクロリディウムはというと、カタツムリが鳥に見つかりやすいようにカタツムリの行動を操作するの。夜行性のはずのカタツムリを昼間に活動させて、葉っぱの表面に向かわせるのね。ロイコクロリディウム自身もカタツムリの体内を移動して触角に留まり、自分の身体を伸縮させることで、触角をあたかも鳥の餌《えさ》の芋虫のように見せかけて、鳥に発見させやすくするんだ。そのときの映像がなかなかとってもキュートなんだけれど……。こうして、ロイコクロリディウムは鳥の餌となって再び鳥の体内へと戻ることに成功するというわけ」

ご丁寧にも最上はロイコクロリディウムに寄生されたカタツムリの動画を表示して見せてくれた。キュートと表現したロイコクロリディウムがカタツムリの目に移動した際のものだ。くねくねと芋虫が目の中でうごめくような姿に、一同はみな苦虫を噛み潰《つぶ》したような顔をしていた。

「うわー、きれいですねー」

一人だけ、美的感覚が違うのか、玲音がそんな感想を漏らしたが、もちろんみんな無視した。

祐一は最上の持ち出した寄生虫説など突拍子もないと考えていた。寄生虫が恐ろしいのは言うまでもないが、人間とカタツムリを一緒にしてもらっては困る。

「カタツムリといった下等な生き物が寄生されれば、そういったコントロールもされることがあるんでしょうが、仮にも高等な生物である人間が寄生虫によって脳をコントロールされるなんてことがあるんですか？」

「うん、まあ、確かに実際に人間の脳にまで到達する寄生虫や病原体ってあんまり多くないの。脳の毛細血管には脳関門といって、大きな分子は通さないバリアーが備わっているからね。脳関門を通過できるのは、アミノ酸や糖、カフェイン、ニコチン、アルコールなどの一部の物質くらいだけだしね」

「やっぱりそうですよね」

祐一は少しほっとしたが、最上がそうはさせなかった。

「でも、例外があってね。……森生は猫好き？」

急に名前を呼ばれて森生はきょとんとした顔のまま素直に答えた。

「ええっと、実家で野良猫を三匹飼っていますよ」

最上はなぜか森生を憐《あわ》れむような目で見ると、合掌して「ご愁傷《しゅうしょう》様です」などと言った。

わけがわからずあたふたする森生に続けた。

「猫を宿主にする寄生虫にトキソプラズマっていうアピコンプレックス門コクシジウム綱に属する寄生性原生《げんせい》生物がいるのね。幅二から三マイクロメートル、長さ四から七マイクロメートルの半月形の単細胞生物なんだけどね。人を含むいろんな恒温《こうおん》動物に寄生して、トキソプラズマ症を引き起こすんだけど、猫の体内でしか有性生殖を行わないで、他の猫への移動手段として、人や他の哺乳類を媒体にするのね。世界では約三分の一もの人がこの寄生虫に感染していて、日本でも約一〇パーセントの人が感染しているって言われているんだよ」

森生の左右にいた玉置と玲音がすばやく距離を取った。

森生はがたがたと震えながら言った。

「じ、じゃあ、おれ、感染しちゃってますね。……そのうち死ぬのかな。へへ……」

最上は、にこりとした。さんざん怖がらせておいて、今度はなだめるような口調になって言う。

「人間が感染するのは、トキソプラズマのシストと呼ばれる、膜で包まれた休眠中の原虫で汚染された動物の生肉を食べたときと、感染猫の糞やそれが混ざった土などと接触したのちに経口《けいこう》感染した場合だから、猫を飼っている人が必ずしもみんなトキソプラズマに寄生されているわけじゃないからね。それに、たとえ感染したとしても、健康な人であれば症状は出ないか、出たとしても、風邪のような軽症で済むから」

「なーんだ、じゃあ、おれ大丈夫っす」

「でね、そのトキソプラズマは、最近の説では、ある種の免疫細胞に感染して、その免疫細胞からGABA《ギャバ》と呼ばれる神経伝達物質を分泌させることで全身への移動が可能になり、脳にまで達して脳を操ることができることがわかってきたんだ」

玲音が思いついたことを、くっちゃべった。

「あ、GABAって聞いたことある。GABA入りのチョコレートとかって売ってますよね」

「うん、GABAは抑制性の神経伝達物質だから、リラックス効果があるのね。あと、恐怖感や不安感を軽減することもできるの。だから、トキソプラズマに感染すると、マウスは天敵である猫を恐れないで逃げなくなり、猫に食べられてしまうようになるのね。これはトキソプラズマがマウスの脳を操って容易に猫に食べられるようにさせたってわけ。

おまけに、人間の場合でも、トキソプラズマに感染すると恐怖感がなくなることがわかっているのね。たとえば、二〇〇二年に発表された論文ではチェコで交通事故を起こした人たちと同じ地域に住む一般住民とを比べてみてね、トキソプラズマに潜伏感染している かどうかを調査したところ、交通事故を起こした人々は一般住民よりもトキソプラズマに高い比率で感染していることがわかったの。トキソプラズマに感染していると、宿主の反応時間が遅くなり、二・六五倍も交通事故のリスクが上がることが示されたってわけ。こんな感じで、トキソプラズマの感染が人格に影響を及ぼしたり、精神疾患とも関係がある研究結果も出ているんだよ」

会議室に沈黙が舞い降りた。

人間さえも寄生虫にコントロールされる対象たりうるのだ。

「じゃあ、五人のユーチューバーが自殺したのは寄生虫がそうさせたっていうのか？ そんな馬鹿な……」

長谷部が恐れにあらがおうと最後の抵抗を試みた。

「それじゃ、具体的な名称を教えてくれないか。投身自殺させるように宿主をコントロールする寄生虫の実際の名前を」

多くを求めすぎたぶしつけな質問だったが、最上はどこ吹く風、安易に答えようとする。

「マスケティアーズとＷＴブラザーズは二組とも、水の中へ向かって身を投げたんだよね。実は、寄生されると水辺に向かって投身したくなるようコントロールする寄生虫というのは存在するの」

もう驚くほかなかった。

「その寄生虫の宿主は人間じゃなく、カマキリやコオロギなんだけど、ハリガネムシという寄生虫がそう。ハリガネムシっていうのは、類線形動物門ハリガネムシ綱ハリガネムシ目に属する生物の総称なんだけど、宿主を転々と移動して成長していくっていう特徴があるのね。だけど、水中でしか交尾と産卵をしないの。

サイクルとしては、水中で孵化《ふか》した幼生をカゲロウやユスリカなどの水生昆虫の幼虫が食べて、そのカゲロウやユスリカの幼虫が成虫になり陸に上がったものを今度はカマキリやコオロギが食べるの。そうやってハリガネムシはカマキリやコオロギの体内に入って成長するんだけど、交尾と産卵は水中じゃないとできないから、カマキリとコオロギの脳を操作して、水辺へと誘導して、入水《じゅすい》させるってわけ」

祐一はおずおずと尋ねた。

「し、しかし、それはやはりカマキリやコオロギの話ですよね？　人間の場合ではないというわけです」

最上は、ぷりぷりと怒ったように言った。

「地球上には総計八七〇万種の生物が生息していると推測されているんだけれども、そのうちの一四パーセントの生物しかわれわれ人間は発見あるいは名前をつけてないんだよ。つまり、実に八六パーセントもの生き物が人知れず生息しているの。ただわたしたちが知らないだけで、人間に寄生して〝入水自殺〟させる寄生虫だっているかもしれないでしょう。それに――」

最上はさらに付け加えた。

「夏川さんは、古屋敷さんが大学でバイオテクノロジーを研究しているって言っていたよね。それに、山田さんというアシスタントは、古屋敷さんが寄生虫の専門家を自称していたと証言していたね。だったら、ハリガネムシを遺伝子操作して人間に寄生できるようにすることだってできるかもしれないよね」

もう誰も何も言えなくなってしまった。

祐一は長谷部と顔を見合わせた。

「犯人は……」

「寄生虫……？」

最上が、かぶりを振っている。

「ううん、人間を操る寄生虫を飲み物に混ぜた古屋敷さんだよ。そこんところ、間違えないで」

祐一は夏川に連絡を取り、古屋敷豊の住所を聞き出すと、一同に向かって言った。

「被疑者は古屋敷豊です。いまから急行しましょう」

「はい」

一同は威勢のよい声を返した。

7

古屋敷豊の住居は、国分寺《こくぶんじ》駅から徒歩十五分の距離にある四階建ての集合住宅の一〇二号室にあった。インターフォンを鳴らすと、本人が出てきて、何事かという表情で、祐一たちをじろじろと見た。古屋敷は五十絡みの胡麻塩《ごましお》頭の男で、人畜無害そうな風貌をしていた。人というのは外見ではわからないものだと、祐一はあらためて思った。

祐一が警察庁の者だと名乗り、五人のユーチューバーの自死について話を聞きたいと切り出しても、古屋敷は何のことやらわからないといったふうだった。

祐一はだんだんと不安になってきた。

「お邪魔してもよろしいですか？」

古屋敷は警察が部屋に上がり込むことに戸惑っていたが、了承した。

「ええ、まあ。大人数が入れるほど広いところじゃありませんけども」

その言葉のとおり、古屋敷の居住スペースは六畳一間しかなく、その空間も得体の知れないものの入った水槽や虫かごなどで半分ほど奪われていた。古屋敷がいったいどうやってここで寝ているのだろうかといぶかしんだほどだ。

最上が目を輝かせて水槽を覗き込んだ。

「ねえねえ、これみんな寄生虫や寄生虫に寄生された動物たち？」

「ええ、そうです」

古屋敷はあわてたように最上の隣にやってきた。

「あ、むやみに触らないでくださいね。このカタツムリなんてかなりヤバいですから」

「広東住血線虫《カントンじゅうけつせんちゅう》？」

「ええ、視神経に入り込むと失明したり、最悪、死ぬことがありますから」

「フロイトは、人は生《エロス》と死《タナトス》への願望を心の奥深くに持っているから、生と死に強烈に惹き付けられるのだと言ったけれど、寄生虫も怖いからこそ惹き付けられちゃうんだよねー」

「わたしも同じですよ。ふふ」

古屋敷と最上は笑い合った。

祐一は咳払いをして、二人の注意を自分に引きつけなければならなかった。

「祐一君、風邪？　風邪なら早めにビタミンの補給を――」

「違います」

祐一はぴしゃりと言って続けた。

「古屋敷さん、あなたにはヴァームに所属するマスケティアーズとWTブラザーズの五人を殺害した容疑がかかっています」

「はっ？　わたしが？　どうして……」

「九月一日、マスケティアーズとWTブラザーズの五人が事務所に集まったとき、あなたもその場にいましたね？」

「ええ、はい。それが何か？」

「その場でコーヒーが供されたそうですが、あなたはタイミングを見計らって、寄生虫を混入したんじゃないですか？」

「はい？　あなたが何を言っているのかさっぱり――」

長谷部がにらみを利かせて言った。

「あんた、事務所をクビになったそうじゃないか。その腹いせに、自分より人気者の五人を殺害しようと思ったんじゃないのか？」

「そ、そんな理由でわたしが人を殺すわけがないじゃないですか」

今度は祐一が押してみる。

「使用した寄生虫は宿主を入水させるべく仕向けるタイプ……、たとえば、類線形動物門のハリガネムシのようなものではなかったでしょうか？　古屋敷さん、あなたはバイオテクノロジーの研究者でもありますね。ということは、ハリガネムシの遺伝子をいじって、人間にも寄生するよう操作することも可能だったのでは？」

「ちょっと待ってください！」

古屋敷は両手を前に突き出した。額から冷や汗が噴き出している。

「あんたたちはとんでもない勘違いをしています。わたしはそんなことはしていない。ほら、この部屋を見てください。バイオテクノロジー研究を行えるような機器なんていっさいない。大学ではなおのこと、そんな危険な研究など許されるはずもない。わたしじゃなくたって、いまなら自宅で簡単な機器を使って遺伝子操作をすることはけっして難しいことじゃありません。少なくともそういった機器を持っている人のところを当たってください」

「それもそうだなぁ」

最上が真っ先に納得してしまった。

「ねえ、古屋敷さん、最近ハリガネムシを誰かにあげたことはない？」

古屋敷は水の入ったケースを一つ手に取った。蓋を開くと、ぐるぐるとのたうった細長い針金のような大小さまざまな物体が入っていた。

祐一は顔をしかめて尋ねた。

「それは？」

「ハリガネムシです。誰にもあげたことは……」

古屋敷の顔に恐れの色が走った。

「おや？　ハリガネムシの数が足りない。十四以上は入っていたと思うんですが、四匹しかいなくなっています！」

最上が古屋敷に同情するように言った。

「誰かに盗まれちゃったんだね」

「いったい誰が……」

「ねえねえ、最近この部屋に誰かが訪ねてこなかった？」

古屋敷は思い当たりがあるらしく、恐怖の表情を浮かべ、祐一たちを見つめた。

「来ました。あいつが犯人です！」

8

祐一は寄生虫の取り扱いに長《た》けた古屋敷を伴って、再び渋谷にあるヴァームへ向かった。

古屋敷は、寄生虫を盗んだのはヴァームの夏川社長に違いないと語った。

後部座席で最上と並んで座った古屋敷は話し始めた。

「社長の夏川さんは一度、うちに来たことがあります。寄生虫をじかに見てみたいとか言ってね。二週間くらい前のことですよ。いままでまるで寄生虫になんか関心を示さなかったのにね。わたしがお手洗いに行った隙に盗んでいったんだと思います」

祐一は尋ねた。

「夏川さんにバイオテクノロジーの素養はあるんですか?」

「彼はわたしの大学の後輩です。バイオテクノロジーの専門家ではないですが、いまの時代、必要な機器さえあれば、高校生でも自室で遺伝子組み換え実験なんてやれますからね」

運転しながら長谷部が尋ねた。

「ところで、夏川さんには五人を殺害する動機があるんですか?」

古屋敷はうなずく。

「マスケティアーズとWTブラザーズはヴァームから大手の事務所に移籍するつもりだったんですよ。それで話がこじれたんです。夏川さんは自分が彼らを人気者に育てたって考えてましたから、移籍する彼らに怒り心頭でしたよ」

夏川は契約書の更新の件で、事務所に来てもらっていたなどと言っていた。それ以上語りたがらなかったのは、こういうことだったからだ。

長谷部のスマホが鳴り、スピーカーにすると、玉置からだった。

「あー、渋谷の事務所近くにある夏川の自宅マンションに着きました。本人はここにはいませんが、部屋の中は実験機器だらけでしたよ」

「今度こそ犯人は夏川ということで間違いなさそうですね」

祐一はうなずくと、最上博士に尋ねた。

「しかし、夏川はいったいいつ五人に寄生虫を寄生させたんでしょう。事務所では夏川は五人にコーヒーを提供したそうですが、そのときということですか？　それにしては、時期が一致しません。五人が事務所にて一堂に会したのが九月一日で、マスケティアーズが九月二日に風来岬で投身自殺し、ＷＴブラザーズが自殺したのは昨日です。時間差があるのはなぜなんでしょう？」

最上は首をかしげた。

「それはわたしも思ったんだ。ねえ、五人が自殺する前に運転していた車の中に、食べかけのものや飲みかけのものが置かれていなかったかな？」

最上の話を聞いていた玉置が軽い調子で答えた。

「あー、ありましたね。ペットボトルのスポーツドリンクがマスケティアーズのレンタカーの中にも、ＷＴブラザーズの車の中にもあったんですよ」

最上が思い出したように言った。

「そういえば、夏川さんのアシスタントの山田さんが企業さんからいただいたスポーツドリンクのペットボトルを五人に配ったって言っていたよね。そのペットボトルの中に寄生虫を仕込んでいたんじゃないかな。マスケティアーズはレンタカーを借りたあと、車内でそのスポーツドリンクを飲んだから、寄生虫に脳を乗っ取られておかしくなって水の中に投身自殺してしまった。WTブラザーズは昨日スポーツドリンクを飲んだんだよ。時間差が生まれたのはその違いだと思うよ」

電話の向こうで玉置が「あっ」と声を上げた。

「マスケティアーズとWTブラザーズの車内にあった同じペットボトルが、夏川のリビングのテーブルの上にあるんですけどね。空っぽなんですよ。これってやっぱりそういう意味でしょうかね?」

長谷部が強い口調で叫んだ。

「ただちに夏川の行方を捜すんだ!」

9

それから間もなく、世田谷区近くの多摩川で、夏川大祐の溺死体が発見された。遺体は柴山医師の手により行政解剖がなされたが、寄生虫の痕跡は見当たらなかった。寄生虫がハリガネムシを遺伝子改変したものだとしたら、もはや遺体の身体から脱出したあとだったのだろう。

「寄生虫によるマインドコントロールか……」

島崎は感心したようにかぶりを振った。

「いや、おれもマインドコントロールの類《たぐい》だとはわかっていたんだ。おれの直感でそれはわかっていたんだが、それでもまさか寄生虫によって脳を操作されていたとはね」

祐一は苦々しい思いで聞いていた。あまりにも島崎が自分の直感が正しかったことを強調しすぎるのを鬱陶《うっとう》しく思っていたのだ。

マスケティアーズが借りたレンタカーに残された遺留品とWTブラザーズの車の中の遺留品、どちらからもスポーツドリンクのペットボトルが発見された。五つのペットボトルの底には仕掛けがしてあった。注射器のようなもので開けた穴をふさいだ形跡が見られたのだ。これは何者かがスポーツドリンクに何かを混入したという証拠となりえたが、それが何者で何を混入したのかまでは突き止められなかった。

寄生虫による脳の操作は、いまのところまだ状況証拠からの推測にすぎなかった。五人の自死から一週間が過ぎたいま、五人に続く自死も出ていないことから、島崎は夏川が寄生虫をペットボトルに混入し、五人の脳を操作して殺害したと断定して、捜査の終了を告げたのだった。

島崎は饒舌《じょうぜつ》になって続けた。

「それにしても、おまえの報告書にもあったけど、地球上にいる総計八七〇万種の生物中、一四パーセントしかわれわれは発見していないんだって？　残りの八六パーセントの中に、得体の知れない寄生虫がいてもまったく不思議じゃないんだって？　怖い話だよな。まあ、今回は夏川がハリガネムシを遺伝子操作した可能性もあるが」

祐一は話を合わせることにした。

「新型コロナウイルスの例もありますが、いつ新種の生物や非生物が現れて、人間に牙を剝《む》くかは誰にもわかりません。それらに対抗する手段も限られています。人間は科学の力でどうにかなるように思っていますが、科学が発展すればさらにそれを上回る自然の脅威が人間に襲い掛かる……。そんないたちごっこが繰り返されるような気がしてなりません」

「ああ、そうだな。もう、行っていいぞ」

祐一は島崎を見た。島崎は散々自慢げに自分の直感の正しさを訴えていたが、もうすでにして祐一との雑談に関心を失っているらしかった。

祐一はむっとして退室した。

10

その貫禄のある占い師を前にして、最上はすっかりと空気感に呑《の》まれてしまった。占い師は七十歳くらいの老婆で、白髪を頭のてっぺんに束ねて、玉ねぎのような髪型をしていた。中世の魔女のような黒い衣装をして、両手の十指すべてに色とりどりの石のついた指輪を嵌《は》め、タロットカードを切ってはカードを引き、テーブルの上に並べていった。

最上は老婆の占いをコールド・リーディングだと確信していたが、その占い師は最上に何も質問してこようとせず、ただタロットカードを引いてはそこから意味を読み取っていった。

「あなたはいま好きな方がいますね」

「ぎくり」

「早く結婚したいと思っていますね」

「ぎくりぎくり」

「あなたは何かを飼っていらっしゃる……。あと、甘い物が大好きね」

「え、ええ……」

最上の身体は緊張でかちんこちんに固まってしまった。

「あ、あの、どうしてわかるんですか？」

「どうしてって……、カードにそのように出ていますからね。わたしはそれを読み取るのが仕事なの。あとはインスピレーションね」

「そ、そうですか……」

一時間の占いが終わると、最上は過呼吸を起こすのではないかというほど荒い息を吐いて、占いの館から出てきた。

外では長谷部が待ち構えていた。どういうわけか、祐一もまた連れてこさせられていた。

「どうだった?」

長谷部が勢い込んで尋ねた。

最上は焦点の合わない目でわなわなと震えていた。

「どうしてあの人、わたしにまつわること全部当てていったんだろう?」

「な? 言っただろ? コールド・リーディングじゃなかっただろ」

「うん。あれはコールド・リーディングなんかじゃない。わたしから情報を引き出したりしなかったもん」

「霊視ってやっぱりあるんだな」

長谷部は勝ち誇ったような顔をしていたが、祐一はまるで信じていなかった。

最上がふと天啓にでも打たれたかのような表情になってぽつりと言った。

「……そうか、これはテレパシーなんだ」

「え? テレパシー?」

最上は目を爛々《らんらん》と光らせて続けた。

「そう。二〇二〇年にノーベル物理学賞を受賞したロジャー・ペンローズによれば、わたしたちの脳みそは量子《りょうし》コンピューターなんだって。神経細胞であるニューロンの内部には、チューブリンと呼ばれる二十数ナノメートルの直径しかない微小管があって、このチューブリンの中で量子が二重性を持つと、ペンローズは考えたの」

「ええっと、何の話をしているのかさっぱりなんだけど……」

「量子というのは、物質を構成する陽子《ようし》や中性子《ちゅうせいし》、電子といったもののことなんだけれど、二重性といって、粒子であると同時に波でもあるという矛盾する性質を持っているのね。

人間の脳が量子コンピューターだとしたら、意識は量子だっていうことになるんだって。意識は粒子であると同時に波でもあるから、頭蓋骨を簡単に通過することができるし、外部の脳の中の意識と干渉し合い、量子のもつれ合いという現象によって瞬時に情報を伝達することができるってわけ」

「うーん、さっぱり意味がわからん」

長谷部は首をかしげていたが、最上のほうは自分で話しながら納得したようにうなずいていた。

「うん。ペンローズの量子脳理論が正しければ、占い師のおばあさんがわたしのことをズバリと当てられることの理由も説明がつく。それに、わたしってば大変なことに気づいたんだけど、何も寄生虫マインドコントロール説を持ち出さなくとも、念力によって他者をマインドコントロールすることができるかもしれないよね」

祐一はぎょっとさせられた。

「先の事件は寄生虫によるマインドコントロールということで決着がついています。それをいまさら否定されるんですか？」

念力などという仮説は、絶対に島崎に話せない。何せ島崎は念力を疑っていたくらいなのだ。これ以上島崎を増長させてはいけない。

「穴を開けられていたペットボトルという物的な証拠もあります。夏川が何かを仕組んでいたのは間違いないんです」

「わかってるわよ。ただ、わたしはいろんな可能性がありうるってことを教えてあげただけよ」

最上はどこか夢見るような笑みを浮かべていた。きっと謎をあらゆる角度からながめ、解き明かすことが楽しいのだろう。

第二章　増殖するヒト

1

小比類巻祐一は、須藤朱莉《すどうあかり》が入院している帝都大学医学部付属病院を訪ねた。前回に会ったときには、急性放射線症候群のため無菌室で集中治療を受けていたが、いまでは一般病室に移されるまでに快復していた。

五年前に死去した妻の亜美《あみ》と生き写しの女性、黛《まゆずみ》美羽《みわ》と偶然にも知り合い、祐一は他にも亜美とそっくりな女性が複数いることを知った。

彼女たちはクローンだった。秘密裏に何某《なにがし》かの計画が進行しているのだ。背景には、科学技術により人類という種を進化させることを目指す組織、ボディハッカー・ジャパン協会の影がちらついている。

祐一が美羽と接触したことで、同協会はクローン計画が明るみになるのを避けるため、交通事故に見せかけて美羽を殺害した。さらには、亜美同様クローンの一人、朱莉を放射性物質入りのネックレスにより殺害しようと試みた。幸い朱莉は一命を取り留め、現在、回復の途中にある。

そこは一人部屋で、八畳ほどの広さの中に、中央にベッドとサイドテーブル、窓際に椅子が一脚置かれた簡素な部屋だった。サイドテーブルの上には、須藤朱莉の所持品と思われるグレーのリュックサックと充電中のスマホが置かれていた。

朱莉はベッドの上で上体を起こしていた。顔色こそ青白かったが、前回会ったときの骨と皮のような状態から、少しだが肉がついてきたようだ。

祐一はがんとの闘病中に病床に臥していた亜美を思い出した。

亜美……。

妻にそっくりな朱莉にもう少しでそう声をかけてしまいそうだった。

朱莉は祐一を見て、小さくおびえていた。

祐一は一礼した。

「初めまして。わたしは警察庁の小比類巻という者です」

「美羽から聞きました。わたしに会いたがっていた方ですね」

「ええ、わたしの亡き妻が美羽さんや朱莉さんとそっくりな顔をしていたものですから」

「……奥さんはどうして亡くなったんですか？」

「がんで五年前に他界しました。一人娘を残して」

「そうでしたか……」

「今日は朱莉さんにうかがいたいことがあって参りました。あなたは身に着けていたネックレスに仕込まれていた放射性物質の影響で急性放射線症候群になりました。救助が遅れていれば、生命が危なかったでしょう。お聞きしたいんですが、あなたにネックレスを渡した人物は誰ですか？」

朱莉はショックを受けたように言葉を失っていた。ずいぶんと時間が経ってから、疑うような声色で尋ねてきた。

「……ネックレスをくれた人がわたしを殺そうとしたっていうんですか？」

「そう思われます。あれはボディハッカー・ジャパン協会のネックレスですね？」

再び朱莉は黙り込んだ。葛藤《かっとう》ゆえか顔が歪《ゆが》んだ。朱莉はボディハッカー・ジャパン協会のメンバーだった。信じていた組織に裏切られたことになる。

「……そうです」

「あなたにネックレスを渡したのは誰ですか？」

「……協会の沢田さんです。カール・カーンさんの弟の沢田克也さん」

祐一は「沢田克也」の表記を教えてもらった。

カール・カーンとはボディハッカー・ジャパン協会の会長であり、生まれつき四肢がないため銀色の義肢を身に着けている。スキンヘッドで彫りが深く、おそらく西洋人の血が入っている。一度会えば、忘れられない男だ。

カーンに弟がいるとは聞いたことがなかった。思い出したのだが、確か最初に出会ったとき、披露した身の上話によれば、カーンは孤児であり、家族がいなかったはずだが。

警察庁刑事局刑事企画課の祐一の上長である島崎博也課長が語っていたことだが、公安がボディハッカー・ジャパン協会を調べており、カール・カーンと同じ顔をした複数の人物の存在に気づいたという。うち二人は死亡し、葬儀の模様の写真を祐一は見せられていた。クローンには運命的に疾患と早世がつきまとうらしい。

また、黛美羽を轢《ひ》き逃げしたとして自首してきた会田崇《あいだたかし》という男もまたカール・カーンに顔がそっくりだった。会田は知能レベルが異常に低く、誰かに虚偽の自首をするように命じられたのではないかと考えられた。

ボディハッカー・ジャパン協会には、カーンの仲間である複数のクローンがおり、頭脳であるカール・カーンの手足として都合のよいように動いていると考えられるのだ。

「沢田克也はカール・カーンと似ていますか？」

「はい、少しだけですけど」

沢田克也もまたカーンと同じクローンなのかもしれない。

「沢田と会えば、わかりますか？」

朱莉はうなずいた。

「あなたにはのちほど、沢田克也の似顔絵作成にご協力していただきます。それから、沢田の連絡先なんですが」

「電話番号ならスマホに登録されています」

祐一は朱莉の代わりにスマホを操作して、通話履歴から「沢田克也」を探し出し、電話番号をメモした。

「必ず沢田を検挙します。あなたはきっとよくなりますよ」

祐一は勇気づけるために言ったが、朱莉は何か別のこと、より深刻なことについて思い悩んでいるようだった。

祐一にはそれが何かわかった。

朱莉は顔を上げた。

「わたしはクローンなんですか？」

捜査に関することであり、秘密を貫こうかとも思ったが、妻と同じ顔をした朱莉に嘘はつけなかった。

「はい、あなたはわたしの妻と同じクローンです」

朱莉は驚かなかった。

「誰のクローンなんですか？」

「オリジナルが誰だかはわかりません。沢田という男は何か話していませんでしたか？」

朱莉は首を振りかけてから、思い出したように言った。

「沢田はわたしがクローンだなんて教えてくれませんでした。ただ、〝世界に存在してはいけない存在だ〟と言っていました」

世界に存在してはいけない存在……。

人間の手前勝手な好奇心によって生まれた、自然界では絶対に生まれえない不自然な生命体――それが人間のクローンだ。

沢田やカーンはクローンでありながら、世の中に存在してはいけない存在だなどと自虐的に思っているというのか。クローンを思うとおりに操り、いともたやすく生命を奪うのはそういうことなのか。

祐一は腹の底から怒りが込み上げてくるのを感じた。

「この世に存在してはいけない生命など、ありません」

祐一は朱莉に、そして、亜美に言った。

「この世に生まれ落ちたということは、この世のすべてがあなたにとって自由に与えられるということです。あなたは自由な存在なんです」

朱莉はじっと祐一のことを見つめていた。それから、こくりと小さくうなずくとか弱い声で言った。

「ありがとうございます」

祐一は朱莉から教えられた沢田克也の電話番号を解析してみたが、プリペイド式携帯電話として売られていたもので、すでに使用ができなくなっており、持ち主が誰かたどることはできなかった。

カール・カーンに沢田について問い合わせても不都合なことは何も答えまい。

祐一は島崎課長に連絡を入れて、須藤朱莉の病室の警護を厳重にしてもらうよう頼んだ。生き残ったクローンを抹殺するために、いつまた沢田が現れないとも限らないからだ。

黛美羽を轢き逃げで殺害した本当の実行犯は捕まっていない。それをいえば、世界的に有名な科学者で古都《こと》大学名誉教授の榊原《さかきばら》茂吉《もきち》の息子である吉郎《よしろう》に放射性物質入りネックレスを渡した人物も不明なままであった。ボディハッカー・ジャパン協会に絡む事件では他にも原因不明の死亡者がいた。それらの実行犯はおそらく沢田克也であろう。朱莉は沢田の顔を見ており、沢田にとって朱莉は相当に厄介な存在のはずだ。

ボディハッカー・ジャパン協会はクローンであるカーンを頂点にするクローンたちの巣だ。彼らは脳の配線地図《コネクトーム》が似ているクローンたちの間ならば記憶を共有できると考え、クローンの実験を開始したと思われる。その実験が外部に知れるところとなったら、世間が大騒ぎするために、あるいは、その技術の成果を自分たちだけで独占するために、実験の内容を知る者を消してきたのだ。

オリジナルが寿命を迎えるとき、自らのクローンに記憶を共有させれば、クローンは若返ったオリジナルと同等になる。それはすなわち永遠の生命を得たも同然となる。

不死だ。

祐一はクローンであった妻の亜美のことを考えた。亜美も誰かのクローンであり、その誰かの記憶を共有するために生まれたのだろうか?

すでに記憶共有実験は済んでしまっていたのか?

数カ月前、祐一が娘の星来《せら》を遊園地に連れて行ったとき、亜美によく似た女が話しかけてきたと、星来が話していた。その女は「星来」と名前を呼んだという。

トランスブレインズ社の遺体保管所、マイナス一九六度の液体窒素の中で眠らされた亜美が生き返ったのかとも思ったが、もっと現実的に考えるならば、クローン同士で記憶の共有が行われたからではなかったか。

亜美の記憶が同じクローンの誰かに共有され、その誰かがたまたまやってきていた遊園地で星来を見つけて、思わず「星来」と記憶にある名前で話しかけたのではなかったか？

もちろん想像でしかない。本当に亜美がトランスブレインズ社の遺体保管所で眠りについたままなのであれば。

2

培養液の浸かったシャーレの中に、大豆くらいの大きさの乳白色の球体が沈んでいる。

奥田玲音は、いまから八カ月前、手術用の特殊なナイフで、肩のあたりから小さな肉片を抉《えぐ》り出されたときのことを思い出した。局所麻酔のおかげで痛みもなく、出血も少なかった。

インフルエンザのワクチン接種のために訪れた東京生命大学病院にて、担当の医師が玲音のどこをどう見て取ったのか、「治験《ちけん》ボランティアに興味はありますか？」と、最先端医療に貢献してくれる健康な人を探していると語り出したのだ。

玲音はＳＣＩＳの一員である。そんな職務柄、最先端医療の発展に貢献しないわけにもいくまいと、玲音は承諾して、諸々の契約書にサインしたのだった。

玲音は、シャーレを差し出してきた、細胞生物学者の広崎千尋《ひろさきちひろ》教授のほうをうかがった。玲音の肩から肉片を抉り出す手術を執刀した医師でもある。年齢は三十代後半だろうか。長い艶やかな黒髪をして、顔は白く和風の面立ちで、表情がまるでないので、どことなく美人の雪女を思わせる。

玲音は意外に思って尋ねた。

「これがあのときの……ですよね？　八カ月も経ったわりにはあんまり大きくなってないんですね？」

確か医師はその細胞を培養すると言っていたのだ。培養するからには大きく育つものと思い込んでいたのだが。とはいえ、細胞がどの程度の速度で育つかなど、玲音には想像もできないことだった。

広崎はふっと微笑《ほほえ》んだ。どことなく玲音の無知を面白がるような笑みだった。

「奥田さんはこれが何かおわかりですか？」

「ええっと、わたしの肩から取り出した皮膚の細胞を培養したものですよね？」

「それはそうなのですが、これはもう皮膚の細胞ではないんですよ」

持って回った言い方に、玲音は疑問を感じて尋ねた。

「じゃあ、何の細胞なんですか？」

「神経細胞です。ニューロンって言ったほうがわかりやすいでしょうか」

「……いいえ、どっちもわかりません」

広崎は小さく咳払いをしてから説明口調になって言った。

「これは奥田さんの皮膚の細胞から作製された脳のオルガノイドです。簡単に言えば、〝ミニ脳〟です」

「ミニ脳……!?」

「ええ。この大豆のような塊はすべて神経細胞《ニューロン》で出来ていて、互いに接続し合い、本物のニューロンと同じく信号を送り合っているんですよ」

玲音はあらためてシャーレの中の塊を見つめた。どこをどう見ても脳のようには見えない。

「わたしの肩の皮膚細胞が脳細胞になったっていうことですか？」

「はい、そのとおりです」

玲音には広崎の言っていることの意味がさっぱりわからなかった。いや、意味は簡潔明瞭でわかるのだが、なぜそうなるのかその原理が謎でしかなかったのだ。

——皮膚の細胞が脳細胞になった……⁉

「これ、生きているんですか？」

「ええ、もちろんです！　だから、信号を送り合っているんです！」

「信号を送り合っているなんて、どうしてわかるんですか？」

「脳波が検出されたからです」

広崎は柔和《にゅうわ》な笑みを口元にたたえながら、ことほぐべき出来事でも起きたかのように言った。

「脳が働くときには、ニューロンからニューロンへと電気信号が流れていきます。脳内で情報が伝達されるときには、ニューロンネットワーク上を電気信号が流れていくわけですが、それが脳波としてキャッチされるというわけです」

「生きている⁉　こんな小さいのに……」

玲音は背筋をひやりとしたものが伝うのを感じた。

「てことは、このミニ脳は思考もしているんですか？」

広崎は無邪気に笑った。

「さあ、そこまではわかりません。いまのところは意味のない信号である可能性のほうが高いです。でも、この子がさらに成長したらわかりません」

この子……？

玲音はぞっとさせられた。広崎先生はミニ脳に母性本能を感じているのだろうか。左手の薬指をちらりと見る。結婚指輪はしていないが……。何となくだが、子供がいそうにも見えない。

広崎先生は玲音の存在など忘れてしまったかのように、うっとりとした表情でミニ脳を見つめていた。

玲音もまたシャーレの中の丸い塊を注視した。八カ月前は自分の皮膚だった。つまり、間違いなく自分のものだったが、いまは自分の肉体からは物理的にも心理的にも、そして、物質的にもかけ離れたものになってしまったような印象を受けた。

現代の科学の進展には驚かされるばかりだ。

玲音の治験ボランティアとしての役割はすでに終わり、今日は事後報告として、自分の細胞のその後の経過を見せてくれたということらしい。

もうミニ脳に会えないと思うと、なぜか少し寂しいような気もした。いや、寂しく感じなければいけないような気がしただけかもしれない。それは実に変な気分だった。自分のものだった細胞に広崎が母性を感じているようであることも。

広崎の研究室を辞去するとき、玲音はふと何かの視線に気づいて、振り返った。物が多く雑然とした、小さな研究室である。いまは広崎以外には誰もいない。

まさかミニ脳が肉を分け与えた主を意識していたのだろうか。

まさか……。

3

島崎博也課長から部屋に来るように連絡があり、小比類巻祐一は隣室の課長室のドアをノックした。「はい」という厳《おごそ》かな声が響き、祐一はドアを開いた。

島崎は日当たりのよい応接セットの革張りの椅子の上で、一人コーヒーを楽しんでいるところだった。いつものようにストライプ柄の濃紺のスリーピースを一分の隙もなく着こなしている。

島崎は祐一にはコーヒーを勧めずに、自分のカップから一口啜った。湯気でフレームレス眼鏡が白く曇った。島崎はそれを丁寧にハンカチで拭きながら話し始めた。

「最近はだんだんと朝と夜が肌寒くなってきたな」

祐一は温風が顔をさっとなめるのを感じた。まだ十月の半ばだというのに、エアコンの暖房が入っているらしい。快適な部屋を与えられ、ぬくぬくと仕事をしている島崎を、祐一は一瞬うらやましく感じたが、それもほんのわずかの間のことだった。順当に出世をすれば、自分もまた島崎のような個室を用意してもらえるようになるのか。

余談は必要ない。祐一は単刀直入に聞いた。

「ＳＣＩＳ案件ですか？」

「毎年夏が過ぎて秋になると、時間の速さを感じるよなぁ。そして、切なくなる。何なんだろうな、この感情は……」

島崎はわざと時間をかけて、ハンカチで眼鏡を拭っているようだ。

意地でも雑談に応じさせる気だ。それならばと、祐一は雑談に応じてやることにした。あくまでもこちらがマウントを取れる流れで。

「人間は年を取るにつれて、時間を速く感じるようになるそうです」

「ああ、よく言うよな、それ……」

「フランスの心理学者ピエール・ジャネが提案した仮説によれば、〝年を取るほど、年齢に占める一年の割合が小さくなるから〟だとか。たとえば、同じ一年でも、十歳の子供にとっては人生の一〇分の一ですが、一方、五十歳の大人にとっては五〇分の一です。年齢に対する割合が小さいほど時間が短く感じられるので、年を取ると時間が短く感じられるようになるわけです」

「なるほどねー」

「また一説によれば――」

「いや、もういい――」

「――心の時計の進み方には、身体の代謝が大きく関係しているそうです。目覚めて間もないときのように身体の代謝が活発でない場合、時間は短く感じられます。代謝が活発であれば、時間はゆっくり進み、不活発であれば、時間は速く感じるようになるんです。一般に高齢者は代謝が低下しますから、時間の経過を速く感じるようになるという仮説も成立するそうです」

島崎はたぶん時間を速く感じる科学的な理由など求めてはいなかっただろう。ただ、そのとおりですね、と相槌を打ってもらいたかっただけだ。祐一が理路整然と時間の流れが速く感じられる理由について説明し終えると、島崎は鼻白《はなじろ》んだ顔つきになった。

祐一は内心でほくそ笑んだ。もう雑談は十分だろう。あらためて尋ねてみることにした。

「それで、どんな案件なんですか？」

島崎は乱れていない髪型を手で整えると、意味のない咳払いをしてから口を開いた。

「東京生命大学の広崎千尋教授が、二週間前の十月六日、夜の七時半に研究室を出てから行方がわからなくなっている」

「失踪事案ですか」

失踪者の捜索はＳＣＩＳの任務にはない。ということは――。

「広崎教授の研究対象は？」

「えー、リプログラミングの研究だそうだ」

「な、なるほど……」

祐一はリプログラミングについて尋ねなかった。島崎は知らないに決まっている。知っていれば得意になって話すはずだからだ。詳細については最上博士に聞けば詳しく教えてくれるだろう。

「さらに、研究室内の試料がいくつか盗み出されているらしい。同僚である坂巻《さかまき》敦准《あつし》教授からの報告で判明した」

「最先端の科学技術を研究する研究者が失踪したとなれば、どこぞの悪《あ》しき思想の国に拉致《らち》されたとか、そんなことも考えられます。だとしたら、テロ事案であり、公安の管《かん》掌《しょう》ではないでしょうか?」

祐一が指揮するSCISは、必要最小限の人員で結成された、頭脳捜査がメインのチームである。とてもタフな公安捜査員と同等のことは期待できない。

島崎は顔の前で鷹揚《おうよう》に手を振った。

「いやいや、失踪の原因が拉致なんかだったら、即刻公安に引き継いでくれればいいんだが……。実は広崎教授はSCISとは縁があってね。SCISのメンバーの奥田玲音巡査が、広崎教授の研究の治験ボランティアをしていたらしい。インフルエンザのワクチンの接種のとき、医者に見込まれたそうで、リクルートされたんだそうだ」

祐一はようやく納得してうなずいた。

「なるほど、そういうことでしたか。それなら、うちが捜査をしてみてもいいですね」

「うむ。最上博士が到着次第、捜査に着手してくれ。以上だ」

二人はうなずき合うと、席を立ち上がった。

4

八丈島《はちじょうじま》の自宅にいる最上博士に連絡を入れるや、例のごとく飛行機ではなく必ずフェリーで向かう旨《むね》を宣言された。ベルヌーイの法則だけでは完全に飛行機が飛ぶ原理を説明できないからという、いままでに何度も耳にしてきた長ったらしい説明を聞かされる羽目になった。

八丈島には毎朝九時四十分発のフェリーしかなく、十時間の航行を経て、夜の七時四十分ごろに東京の竹芝桟橋《たけしばさんばし》に到着する。実際に最上がチームの仕事に加われるのは、その翌日の朝からになる。おまけに、赤坂にあるサンジェルマン・ホテルというビジネスホテルに宿泊するため、その宿泊費やサービス料なども馬鹿にならない出費になる。

祐一は嘆息《たんそく》した。最上のようにあらゆる科学的事象に通じているアドバイザーを見つけ出すことは容易ではない。仕方のないことだった。

「博士、リプログラミングの件のようです」

祐一は一応、最上にあらかじめどのような案件なのかについて簡単に説明を聞かせた。

「ああ、リプログラミングの件ね。iPS細胞かなぁ」

最上は独り言のようにもごもごと口中でつぶやいている。今回も知識面では問題なさそうだ。

翌々日の朝九時過ぎ、赤坂にあるサンジェルマン・ホテルに迎えに行き、ロビーで待っていると、最上友紀子は相変わらず家出少女さながらの恰好をして、キャリーバッグを引きずって歩いてきた。

周囲にいた人々がまるで誘拐犯を見るような目で祐一を見たので、祐一はあえて最上に平身低頭し、主従関係では最上のほうが上であることを周囲に印象付けようとした。

最上は子供のような笑みを満面に浮かべながら言った。

「祐一君、おっつー。東京も薄ら寒くなったねぇ。わたしのいる八丈島は、まだみんなTシャツなんだけど……」

祐一は最上の足をちらりと見た。半ズボンを穿《は》いた小学生のような生足を見ていると、祐一まで薄ら寒くなるようだった。

「季節はめぐりますから」

最上は肩をすくめた。

「季節はめぐるっていう日本語、わたしは科学的に好きじゃないんだ。だって、世界を支配する時間というものなんて存在しないんだからね。時間なんて人間が都合よく生み出した概念にすぎないんだから。ま、そんなことはどうでもいっか。さあ、行こう！」

聞き捨てならないセリフだった。時間が存在しないとでもいうのだろうか。時間というものについて島崎に蘊蓄《うんちく》を垂れたばかりなのでなおのことだった。腑に落ちずに次のタスクに移行することは、祐一にはできなかった。

祐一は足を止め、最上に呼びかけた。

「最上博士、時間は人が生み出した概念にすぎないとはどういう意味でしょうか？」

「時間は存在しないってことだよ。さ、行こう」

「いえ、ちょっと待ってください。時間が存在しないとはどういうことでしょう。実際にニュートン物理学では各種方程式に時間の変数tは出てくるかと思いますが」

最上は歩きかけた足をぴたりと止めた。祐一の顔に挑むような色を認めたのか、立て板に水のごとく話し始めた。

「ニュートン物理学で扱われる時間とは単なるラベルのような存在で、たとえば、ボールをあるスピードで投げたら、一秒後、二秒後、三秒後にはどのくらいのスピードになってどこへ行くといったことを教えてくれるけれど、それはしかし、この世を支配する絶対的な時間が流れていることを意味しているわけじゃないのね。あくまでも、一秒後、二秒後、三秒後と人間が勝手に決めたポイント、ポイントにおけるスピードと位置を表しているだけなのね。

相対性理論によってわかった時間の性質の一つに、巨大な物体の近くにいると重力が時空間を歪ませて時間が遅く進むっていうのがあってね。だから、床の上に置かれた時計と箪笥の上に置かれた時計では、地球により近い床の上に置かれた時計のほうがゆっくり進むのね。その意味は、この世のすべての場所で時間の進み方が違うってことなの」

「なるほど。あの、最上博士――」

祐一がもう十分だと口を挟みかけたが、最上がそうはさせなかった。因果はめぐるのだ。

「でも、量子の世界では時間の概念は失われるのね。だって、世界は時間の流れで変化するんじゃなくって、ある物事と別の物事の関係においてのみ変化するんだからね。量子重力理論によって記述される世界ではね、空間も時間も存在しないの。方程式にも時間は登場しないしね。世界に存在するのは、空間と物質の量子が絶えず相互作用を与え合っている基礎的な過程だけなの」

「わ、わかりました……」

何とか祐一はそう口にした。最上に科学にまつわる論争を挑もうとした自分の愚かさを呪った。

「それでは、行きましょうか？」

「祐一君が、時間とは何かについて聞いてきたんだからね」

「はい、後悔しております……」

祐一は最上の指示に従って、まず赤坂にある〈とらや〉に寄って羊羹《ようかん》を買ってから警視庁へ向かい、長谷部勉警部をピックアップして運転を代わってもらった。祐一が助手席に乗り、最上が後部座席を独占する。いつものポジションである。羊羹を車内で分け合って食べた。最上の影響もあって、祐一も最近では甘い物が前よりも食べられるようになってきていた。

目白《めじろ》にある東京生命大学の広いキャンパスに入り、駐車場で車を駐め、広崎千尋教授の研究室を訪ねると、共同研究者の坂巻敦准教授が対応してくれた。若白髪で頭髪が真っ白になった四十絡みの男だった。祐一は島崎から渡されたファイルで広崎教授の顔写真を見ていたので、何だかこの二人は兄妹のように雰囲気が似ているなと思った。

坂巻准教授は緊張した面持ちで、どこかおどおどとしていたが、真摯《しんし》な対応から人柄のよさが伝わってくる。

祐一は長谷部と最上を紹介した。「元帝都大学の最上博士」と口にしたとき、坂巻は目をしばたたかせた。目の前の人物と「元帝都大学」のイメージがつながらなかったのだろう。

祐一たちは白いテーブルを挟んで向かい合って座った。テーブルの上にはいくつか蓋《ふた》の付いたシャーレが並んでいる。

祐一はシャーレの中の小さな塊を見渡したが、それが何なのかさっぱりわからなかった。隣では長谷部が居心地悪そうに、もぞもぞと身体を動かしている。

祐一はさっそく坂巻に尋ねた。

「坂巻先生、こちらではリプログラミングと呼ばれる研究を行っていると聞きましたが。それはどのような研究なんでしょうか？」

「そうですよね、一般の方はご存じないですよね。リプログラミングとは——」

坂巻が説明を始めようと口を開きかけたとき、最上がなぜか答えてしまうのだった。

「リプログラミングっていうのは、体細胞が獲得したエピジェネティック修飾を初期化することだよ」

坂巻が驚いて最上を見つめた。やがて思い出したように、目を大きく見開いた。

「元帝都大学の最上博士とは、最上友紀子教授のことでしたか……！」

坂巻はびっくり仰天しているようだった。伝説的な天才科学者がこんな幼い風貌をしているとは思ってもいなかったに違いない。

「先生ならリプログラミング研究が再生医療に大きな貢献が果たせることをわかってもらえると思います！」

「うんうん、そうだよね！　大きな貢献が果たせると思うよ」

「ちょっと待ってください」

坂巻の興味が最上に移りそうだったので、祐一はあわてて話を元に戻そうとした。

「すみませんが、わたしには最上博士がいまおっしゃられた言葉が日本語なのかどうかもわからない始末でして、もう少し詳しくリプログラミングについて教えていただけますか？」

「失礼しました」

坂巻は目の前に並べられたシャーレの一つを手に取ると、愛《め》でるようにガラスの上から撫でた。

「説明するよりも、実物をご覧いただいたほうが早いでしょう。こちらは腕の細胞から生成した心臓のオルガノイドです」

「オルガノイド？」

「試験管内で三次元的につくられる臓器のことだよ」

やっぱり最上が答えてしまうと、坂巻は微笑んで、「ええ、そのとおりです」と答えた。

坂巻はシャーレの一つを祐一に手渡した。祐一はシャーレの中を覗いて、驚きに目を見張った。肌色の塊が沈んでいたが、それがわずかに鼓動を打っているように見えたのだ。

「腕の細胞がなぜ心臓のオルガノイドになりうるんですか？」

皮膚の細胞は最終形態として皮膚の細胞となったのであって、それが心臓の細胞に育つなど絶対にありえないことだ。

最上が説明しようと口を開きかけたので、祐一はそれを制して、坂巻のほうに促した。

「ご存じかもしれませんが、受精卵など初期の段階では、細胞は全能性といって、何の細胞にもなるポテンシャルを秘めています。これが細胞分裂を繰り返して、心臓の細胞になったり脳の神経細胞になったりすると、この変化は不可逆的で、他の細胞に変化することはできなくなります」

「はい、そこまではわかります」

「それに対してリプログラミングによって、すでに分化した細胞を未分化の状態にまで戻すことで、身体を構成するあらゆる種類の細胞に分化することができる多能性を持った幹《かん》細胞を生み出すことができるわけです」

「な、なるほど……」

隣では長谷部が石のように固まっていた。まったく話についていけていないに違いない。

説明が不足しているとでも思ったのか、最上が追い打ちをかけるように口を開いた。

「ほら、二〇〇六年に、山中伸弥《やまなかしんや》教授らのグループが、マウス由来の体細胞に四つの遺伝子を導入することで、iPS細胞を生み出すことに成功したでしょう。iPS細胞というのは、人工多能性幹細胞といって、身体のさまざまな組織や臓器の細胞に分化する能力と無限に増殖する能力を持った細胞のことなのね」

「iPS細胞なら聞いたことはあるかな……」

長谷部がぼそりと言った。

「坂巻先生が話したように、通常、細胞分化は不可逆変化なんだけども、iPS細胞を体細胞に注入してリプログラミングを行えば、分化した細胞を未分化の状態に戻して、身体を構成するすべての細胞へと分化する能力を持った幹細胞をつくり出すことができるのね。

つまりは、玲音ちゃんみたいに、肩の皮膚の細胞をリプログラミングして、幹細胞にまで戻して、好き勝手な細胞、今回の場合だと、脳神経細胞に分化させることも可能だってわけ」

盛大にため息を吐いて、長谷部が口を開いた。

「最後の一行だけ理解できたわ。要するに、肩の細胞が脳の細胞になっちまったってわけだ」

「何度もそう言っているよね」

「はぁ、まるで魔法だな」

長谷部はシャーレを手に取ってまじまじと見つめた。

「で、これが玲音の肩の細胞からできた心臓の細胞ってわけか……」

坂巻が小さく首を振った。

「いえ、こちらは別のボランティアの方の細胞からつくられたもので、玲音さんの細胞からつくられたほうは、何者かによって盗まれてしまったんです」

長谷部は顔を上げた。いつもの挑戦的な目つきをしているので、祐一は嫌な予感がした。

「あの、素朴な疑問なんですがね、オルガ……ノイドでしたっけ？　こんなものをつくっていったい何のメリットがあるんです？」

科学者に対して、その研究の目的があるのか、長谷部はそう聞かずにはいられない性格らしい。

坂巻は苦笑いを浮かべてから、自信に満ち溢れた表情になった。

「リプログラミング技術によって、ヒトの皮膚などの体細胞からｉＰＳ細胞をつくり、目的の臓器や組織に分化誘導して病気やけがで損なわれた部位に移植するといった再生医療が現実味を帯びるようになりました。適切な条件だけを整えて、細胞を三次元配置に維持して育ててやるだけで、ミニ脳は自己組織化して、自らを形成できるんです。

また、本物の生きた脳にもっとも近い代替物としての脳オルガノイドを使えば、生きている人間には適応できない侵略的で破壊的な方法での実験や研究もできるようになります」

最上博士がすかさず口を挟む。

「でも、まだ再生医療に使われるまでには高い障壁があるんじゃないかな。一つには体細胞を初期化してiPS細胞に戻してから分化誘導し、目的の細胞に成長させるまでには長い時間を要すること。さらに、培養した心筋細胞のほとんどは筋線維の配列が不ぞろいで収縮力が弱く、細胞の成熟度が低いこと。実際の心筋細胞と同じように拍動するまでに成熟するのは数パーセントにも満たないのが現状だよね」

坂巻は視線を落として肩をすくめた。

「さすがよくご存じで……。とはいえ、各オルガノイドは無秩序な塊ではないことも確かです。たとえば、ミニ脳は、大脳皮質に見られる様々に異なる層に分かれ、たとえば、光に反応する原始的な網膜など、脳の他の部分や関連する器官によく似た構造を形成できるんです」

祐一はふと思って尋ねた。

「あの、脳というものは脳単体で生きられるものなんですか?」

人間の身体の中にある脳は、脳単体では生きられないのではないか。そもそも脳単体で生成されうるものなのだろうか。

「いい質問ですね。脳というものは身体の他の部位との複雑な相互作用の中で形成されていくものです。たとえば、胎児の脳は中枢神経系の血管や免疫系の一部などとも相互作用して発達していきます。さらに発達中の脳には脊椎からの信号も必要不可欠でしょう」

祐一は理解してうなずいた。

「なるほど、オルガノイドが完全な脳にまで育つことはない、ということですね」

「ええ、まあ、いまのところは、そういうことです」

「ええっと、失踪した広崎教授についてうかがってもいいですか?」

いい加減、科学的な話に飽きたのだろう、長谷部が刑事らしい質問を開始した。

「どなたか広崎教授をうらんでいたとか、教授の研究成果を手に入れたがっていた人物に心当たりはありませんか？」

坂巻はちょっと考えてから、かぶりを振った。

「さあ、広崎先生をうらんでいた人物というのはちょっと思い当たりません。交友関係の極端に狭い人でしたから……。先生の研究成果を手に入れたがっていた人物ということですが、さすがに先生を連れ去るというのは考えられないんじゃないでしょうか」

祐一が口を挟んだ。

「海外のよからぬ国が拉致したということも考えられますか？」

坂巻は驚いたように鋭く息を吸った。

「思いもよらなかったことですが、考えてみれば、リプログラミングは基本的に医療に役立つ技術ですからね。海外のよからぬ国の暴君が重い病にかかったりした場合には、最先端医療に携わる研究者を拉致していくことも考えられますね」

その場合なら、広崎教授は何ら痕跡も残さず、まるで神隠しに遭ったように姿を消すだろう。

長谷部が続けて尋ねる。

「では、教授が自ら行方をくらました可能性は？」

坂巻は今度は首をひねった。

「さあ、それもありえないような気がします。本当にどうしていなくなってしまったのかわからないんです」

坂巻は困憊《こんぱい》したようにうなだれてしまった。祐一と長谷部は目配せして、辞去しようかとしたとき、最上が坂巻に質問を投げた。

「ねえねえ、盗まれたオルガノイドって、どこの部位だったの？」

「ええっと……」

坂巻は一瞬口ごもってから続けた。

「脳、心臓、肺、肝臓、腎臓、脾臓《ひぞう》……。それから、腕や足の各組織……、ですかね」

「それはみんな別々の人の細胞から培養したもの？」

「いえ……、すべて奥田玲音さんの細胞からつくられたものです」

「ええ……？」

「えっ？」

祐一と長谷部はそろって声を上げた。玲音の肩の細胞からずいぶんといろいろなパーツをつくり上げたものではないか。

最上も驚いているようだった。

「じゃあ、それを組み立てると、もう一人、小さな玲音ちゃんができちゃうね？」

坂巻はますます言いづらそうにした。

「そういうつもりで、各オルガノイドをつくったわけではありませんが……」

長谷部が非難のこもった声を上げる。

「フランケンシュタイン博士の怪物の小型版の玲音が出来上がるってわけですか？」

坂巻は白い頭をぼりぼりと掻いた。

「いやいや、もちろんすべてをつなぎ合わせたところで、人間が出来上がるわけではありませんよ」

最上が無邪気な口調で言った。

「でも、理論上は出来るんじゃないかな？」

「いや、どうでしょうね」

坂巻は顔を引きつらせて笑っていた。

5

祐一、最上、長谷部の三人は会議室に戻ってくると、途中で買ってきたコンビニのおにぎりで遅い昼食を取った。

長谷部は部下の玉置孝、奥田玲音、山中森生の三人に、広崎千尋教授の交友関係や失踪前の足取りなどの捜査を命じ、彼らは昨日から任務に取り掛かって、午後にも帰還することになっていた。

「玲音も薄気味の悪い研究に参加していたもんだな」

長谷部がペットボトルのお茶を飲みながら、ため息交じりに口を開いた。

「いや、坂巻先生が言うように、再生医療だの新薬の開発だのに役立つことはわかっているんだけどさ。まさか、玲音の全身の器官のオルガ何とかをつくっていたとは思わなかった」

「でも、それは坂巻先生も言っていましたが、ミニ玲音さんを生み出すためではないということでしたよ」

祐一はやんわりと指摘したが、長谷部はそれでも気味悪がっているようだった。

「いや、ミニ玲音が生まれる可能性があるだけでも恐ろしいことだ。玲音だってそんな可能性があることまでわかっていたら、実験に参加はしなかったと思うぜ」

最上がういろうをもぐもぐと食べると、コーラでそれを胃に流し込んでいた。

「でもさ、あらためてiPS細胞というのはすごい発見だよね。iPS細胞を使ってリプログラミングを行えば、身体のほぼすべての細胞が別の人間に育つ可能性があるってことだからね」

「え、どういうことだ?」

長谷部が聞いてきたので、祐一は説明することにした。

「体細胞をリプログラミングによって胚《はい》のレベルにまで初期化すれば、それはそのまま人間に育つ可能性があります」

「あっ!」

「人間の身体には約六〇兆の細胞があるといいますから、それぞれの細胞をすべて初期化すれば、六〇兆のクローンを生み出せることになります。まあ、あくまで可能性の話ではありますが」

「うーん、それを実現したら、この星が一人のクローンだけで満杯になることだけはわかるわ」

どうでもよい話をしていると、ＳＣＩＳの実働部隊の面々、玉置と玲音、森生の三人が戻ってきた。

かなりの汗掻きで、季節に関係なく猛烈な汗を流す森生がぜいぜいしながら言った。

「いやー、暑いですね。エアコン、温度下げますか？」

長谷部はエアコンのリモコンを自分の手元に引き寄せると口を開いた。

「それじゃ、始めるか。タマやん、何か発見はあったか？」

「ええっと、広崎千尋教授の失踪前の足取りですが——」

玉置がガムを嚙みながら口を開くと、ブルーベリーの香りがあたりに漂った。祐一は不快に顔をしかめた。

「えー、教授は失踪した十月六日、夜八時過ぎに最寄り駅である三鷹《みたか》駅の防犯カメラに撮られています。つまり、駅から自宅までの間に何者かによって拉致されたのではないかと推察されます」

祐一は疑問に感じて尋ねた。

「教授の研究室から玲音さんのオルガノイドが盗まれているんです。犯人は研究室のほうにも侵入したということですか？」

玉置が答える。

「初動を捜査した捜一《そういち》からの情報ですが、広崎教授の研究室はセキュリティがしっかりしていて、侵入された形跡はないそうですよ」

「ということは、試料は教授自らが持ち出したと？」

「まあ、そういうことになるんじゃないっすかね」

祐一は考え込んでしまった。

「おかしいですね。広崎教授はたまたま試料を持ち帰った日の帰りに拉致に遭ってしまった。あるいはこうも考えられます。広崎教授は試料とともに自ら姿をくらました……」

玉置が聞いて当然の質問をしてきた。

「東京生命大学の教授にまでなった人がどうしてそんなことをしなくちゃならないんすかね？」

それには長谷部が答えた。声を落としてわざと怖がらせようとしている。

「秘密の実験のためだ」

「秘密の実験とは？」

玉置と玲音と森生の三人が声をそろえた。

長谷部がちらりと玲音のほうを見た。

「玲音の肩から採取した細胞、あったよな」

玲音がうなずく。

「ええ、脳細胞になったんですよ。わたし、見ました」

「それが、脳細胞になっただけじゃなく、身体のあらゆる部位、各臓器、各組織にまで培養されていたんだ」

「え？　何のためにですか？」

「ミニ玲音をつくるためだよ！」

長谷部は抑揚《よくよう》をつけて言った。

「フランケンシュタイン博士の怪物よろしく、玲音の細胞からつくった各パーツを組み合わせて、小さなミニ玲音をつくろうとしていたんだ！」

「えええええっ⁉　キモい、キモい、キモい……」

玲音が頭を抱えて、呪文のようにつぶやいた。

祐一はなだめるように声をかけた。

「安心してください。それは長谷部さんの勝手な妄想《もうそう》ですから。でも、玲音さんの各パーツを培養していたのは事実です」

玲音は身体を抱きしめるようにして、「それでもキモい」と震えていた。

祐一は捜査報告の続きを促した。

「広崎教授の交友関係は？」

「ないです」

その質問には森生が答えた。

「広崎教授に交友関係はほぼないんです。家族にも当たりましたが、友人知人も皆無、恋人もいないんだそうです。教授を知る研究室の研究員や学生にも聞いて回りましたが、誰一人知り合いに心当たりはないということでした」

「究極の象牙《ぞうげ》の塔の住人だな。一言で言えば、変人だな」

長谷部が腕組みをしながらうなっていた。

森生が続ける。

「広崎教授は、自身の研究以外にはまるで興味のない人生を送っていたんだそうですよ。それは右腕でもある坂巻敦准教授も同じだということでした」

「そういえば、あの二人はどこか雰囲気が似ていたな」

そこで、長谷部は何かに気づいたというように下卑《げび》た笑みを浮かべた。

玉置が素早くその意味を察して、右手のひらを向けて機先を制した。

「言っておきますけど、あの二人は付き合ってなんていませんよ」

「そんなこと、わからないじゃないか。隠して付き合っているやつだっているだろう」

「それが、学生に語っていたそうですが、あの二人はアセクシャルなんだそうですよ」

「アセクシャル?」

「他者に対して恋愛感情や性的欲求を感じないセクシャリティのことですよ」

「せ、セクシャリティ……?」

玉置は長谷部の無知にため息をついた。

「あの、LGBTはご存じですよね。レズビアン、ゲイ、バイセクシャル、トランスジェンダー、それにプラス、QIAがつくんです。LGBTQIAってやつです。最後のAが、アセクシャルのことなんです」

「な、なるほど……、おれにはまったく理解ができない世界だな。それで？」

「広崎教授と坂巻准教授は二人ともにアセクシャルなんだそうです。だから、誰とも恋愛関係になれないんだそうで。坂巻准教授は、だから、われわれ二人は世間の余計な付き合いに振り回されることなく、研究に没頭できるんだって、真面目くさった顔で言っていたそうですよ」

最上が補足するように言う。

「アセクシャルの人はけっして冷淡な性格というわけじゃなくて、友情を感じることや、母性を抱くことはあるんだよ」

玲音が何かを思い出したようで、ぞっとしたように身震いした。

「母性……。そういえば、広崎教授って人、わたしの脳の細胞を見ながら、何だかうっとりした表情をしてました！」

最上は大きくうなずいた。

「広崎教授は自分が培養した細胞たちをわが子のように思っているのかもしれないね」

長谷部が話をまとめるように言った。

「じゃあ、何だかんだ言って、広崎教授にも一人だけ仲間がいるってわけだ。坂巻准教授とは同志みたいなもんだろう」

祐一は怪訝に思って言った。

「坂巻准教授が広崎教授をかくまっているとでも言うんですか？　広崎教授が失踪したことを警察に届け出たのは坂巻准教授ですよ」

「それは、カモフラージュってやつだよ。自分が妻を殺しておいて、妻が行方不明です、なんて平気な顔して行方不明届を出す夫だっているんだから。坂巻准教授は共同研究者だから、教授がいなくなって届け出ないわけにはいかなかったんだろう。坂巻准教授を監視下に置いてみるか？　何かいいものがつかめるかもしれない」

祐一も聴取時の坂巻の様子がどこかおかしいことには気づいていた。坂巻はどこかおどおどとしていたし、歯切れも悪かったからだ。

「そうしてください」

それから、一同に向かって言った。

「何か発見があり次第、知らせるように。以上」

6

課長室で簡単な報告を終えると、目の前に座った島崎が素っ頓狂《すっとんきょう》な声を出した。

「フランケンシュタインが怪物の名前なんじゃないのか⁉　じゃあ、怪物のほうの名前は何ていうんだ？」

祐一は上司の無知を無視して続けた。

「もしも、広崎教授が悪しき好奇心のために、小さな怪物をつくり上げようとしているんだとしたら、これは由々《ゆゆ》しき事態です」

「神への冒瀆《ぼうとく》か。まさに小説や映画の『フランケンシュタイン』のテーマだ」

島崎はスマホをささっと操作しながら続けた。

「小説のほうの『フランケンシュタイン』の原題を知っているか？『フランケンシュタイン、あるいは現代のプロメテウス』っていうらしい。ええっと、なになに……、プロメテウスは、ギリシャ神話に登場する神で、天界の火を盗んで人類に与え、あるいは、人類を創造したとも言われている。そして、人間は神を真似て人間を生み出そうとして、皮肉なことに怪物を生み出してしまったと……。ここに描かれているのは科学の功罪と神を真似ようとする人間は罪深いという意識だ。

科学の功罪は現代でも言われているが、後者の、人間が神の真似事をしようとすることに関して言えば、もはやどこからどこまでが神の領域であるのか、はたしてそれが罪深いことかどうかもわからなくなってきている」

祐一は島崎が後半に言おうとしていることに首をかしげた。

「いや、それでも身体の各パーツを培養し、張り合わせて新たに人間……、いや怪物をつくり上げることは罪深いことではないでしょうか？」

「どうかな」

祐一はSCISの創設者を見つめ返した。

「罪深いことではないとでも？」

「法律に反しているわけじゃないしなぁ。だいたい各パーツを寄せ集めて出来上がった生命体を怪物などと呼んでいいものか」

祐一は少し驚いて島崎を見やった。

「怪物ではないと?」

「おまえの話によれば、リプログラミングで生まれた身体の各パーツは極小のものとはいえ、脳は脳であり、心臓は心臓であるということだ。再生医療や新薬の研究にも役立つという。それらのパーツはけっして怪物のパーツなどではない。ならば、それらのパーツを組み合わせて生み出されたものも、けっして怪物などではないだろう。違うか?」

祐一はかぶりを振った。

「それは一足す一が二になる、という思考法ですね。現実には一足す一が三になることも四になることもあるんです。パーツに罪はなくとも、パーツを組み合わせて生み出されたものには罪があるかもしれませんよ」

島崎はふっと息を吐いた。

「おまえとここで議論をしていても始まらない。とにかく広崎教授と、もしも生み出されているのだとしたら、その小さな生命体を見つけ出すことだ。そんなものが研究室から逃げ出して、見つかったら大変なことだからな。〝小人は実在した!〟なんていう都市伝説が生まれる前に無事解決してほしい。以上だ」

7

ＳＣＩＳで最先端科学の絡んだ犯罪に深く触れるうちに、祐一の中でどこか科学というものに対して醒めた眼差しが芽生えていることに気づいた。醒めているどころか、それはどこかクリティカルなものかもしれない。要するに科学というものに不信感を抱いているのだ。その不信感はおそらく、恐れから来るもののような気がする。

祐一は科学を恐れている。

そんな恐れている科学の力を借りて、死んだ妻をよみがえらせようとしているのだから滑稽というよりほかはあるまい。

「恐れではなく、畏《おそ》れか……」

神を信じないが、畏れはする。神社や教会などの聖域では行儀よくしなければ罰が当たると感じるし、元旦には初詣に行き、一年の抱負を願う習慣もある。それらはみな神を信じているためではなく、畏れるがゆえに取る行動ではないのか。

科学には計り知れない力がある。やがて人類のコントロールが及ばなくなるのではないかと思うほどの力が。いやもうすでに人類は科学の力をコントロールできていない。原子力発電によって生み出される放射性廃棄物の処理は現状では完全に行き詰まり、未来の科学技術をあてにしている。便利なプラスチックは海洋汚染を引き起こした挙句、マイクロプラスチックになって、人体への悪影響も懸念されている。科学により発展しすぎた文明は地球環境を回復不可能な段階にまで破壊しつくしてしまっている。

夜の八時、祐一は町田《まちだ》の自宅マンションに着くと、自室に上がる前に、一階下にある母の部屋を訪ねた。

星来《せら》が玄関まで走って迎えに来た。

「パパ、おかえりー」

「ただいま、星来。今日は何をしていたのかな?」

「ドールハウスで遊んでたの」

星来を連れてリビングへ入っていくと、誕生日に買ってあげたドールハウスが床に置かれていた。お城のようなドールハウスには家族がおり、父と母、長女と長男の四人家族がいる。星来はことさら母親の人形が気に入っているらしく、自分が母親になりきって何やらおままごとをしているようだ。

手洗いとうがいをして、リビングに戻ってくると、祐一はテーブルの前の自分の席に腰を下ろした。

「お帰りなさい」

母の聡子《さとこ》がキッチンから出てきて声をかけてきた。

「外で食べてきたんでしょ？」

「はい、済ませました」

「牛丼の残りがあるんだけど、いる？」

「牛丼いいですね。じゃあ、ちょっともらいます」

そう返してから、祐一は自分のお腹を見下ろした。最近、年齢のせいか、少し肉がついてきたのだ。ちゃんと夕食を食べた上に、母の手作りの残り物を食べていたのでは太って当たり前だ。

星来もテーブルにやってきた。両手には母親と娘の人形を手にして、何やらぶつぶつつぶやいて、おままごとの続きをしている。

祐一は星来を見つめた、自分の遺伝子と亜美の遺伝子を半分ずつ受け継いだわが子を。

島崎が語っていたことを思い出す。リプログラミングによって生み出された各パーツをつなぎ合わせて生まれた生命体はけっして怪物などではない、という話だ。

認めないわけにはいかない。体細胞クローンによって生まれた妻の亜美は怪物などではない。もちろん、その子の星来も怪物の子などではないのだ。

祐一は手を伸ばすと、星来を抱きしめた。

「どうしたの、パパ？」

「いや……。ただ、こうしていたいんだよ」

「もう、甘えん坊さんだなぁ」

大人が子供に甘えてはいけないと思って、祐一は手を離した。星来の存在がどれだけ祐一の心の支えになっているか。

祐一は、星来が大人になっても母親がクローンだったことを話すつもりはなかった。

考えたくはなかったが、祐一はカール・カーンのことを考えた。カーンはおそらく榊原茂吉のクローンである。カーンほどの知識と知恵のあるものが、自分がクローンであることに納得ができているのだろうか。苦悩することはないのか。

業界最大手のライデン製薬には、かねてから違法な人体実験をしているという都市伝説風の噂がつきまとっていた。榊原茂吉はライデン製薬の顧問であり、研究の方向性について発言力があるらしい。ライデン製薬が行う最先端科学による人体実験には被験者が必要であり、カール・カーンが代表を務めるボディハッカー・ジャパン協会がその被験者を提供しているという噂がある。

たぶん本当なのだろう。ここにはライデン製薬が主でボディハッカー・ジャパン協会が従者という主従関係が成り立っている。当然ながら、オリジナルの榊原茂吉が主でクローンのカーンは従者なのだろう。

クローンにだってオリジナリティはあるはずだ。カーンは榊原の従者であることに満足しているのか。

祐一は、カール・カーンに近いうちに会ってみようと思った。

8

それから一週間が過ぎたその日の正午、玉置と玲音と森生が外回りの捜査から戻ってくると、捜査会議が始められた。彼らはこの数日の間、広崎教授の共同研究者である坂巻准教授の行動確認を行ってきたのだ。

玉置がホワイトボードの前に立った。ホワイトボードには皇居を中心とした都心の地図が貼り付けられている。

「えー、一週間前から坂巻敦准教授の行動確認に着手しました。アセクシャルかつ友人知人もいないと豪語していましたから、驚きはしなかったんですが、坂巻は本当に人付き合いが皆無の男で、この一週間、自宅のある京王線沿線の初台《はつだい》から研究室のある目白までを車で往復しかしていませんし、実際に口を利いたのは確認している限りでは、研究室の学生くらいで、それも必要最低限の会話を交わすだけで、誰とも口を利かなかったと思われます」

長谷部は腕組みをしながら耳を傾けていた。

「へえ、世の中には孤独を何とも思わないやつがいるな。おれだったら、三日で頭がどうかなっちまうだろうけど」

森生が茶化して言った。

「寂しいと死んじゃうウサギさんみたいですね、主任」

「うるせぇよ」

玉置がにやけながら言う。

「おれなんて、朝起きての妻への〝愛してるよ〟から夜寝る前の〝愛してるよ〟まで、実にいろいろな人たちといろいろな会話を交わしますけどね」

「おまえの生態、まったく興味ないわ。で、結局七日間の行確は無駄骨か？」

「まあ、主任、話は最後まで聞いてください」

玲音が一丁前に上司をたしなめてきたので、長谷部はいらっときて言い返した。

「おまえらが話を早く先に進めないからだろう。ネタがあるんなら、とっとと言え！」

玉置が髪の毛をいじりながら、へらへらと笑った。

「いや〜、実はおれら三回だけまかれちゃったんですよ」

「まかれた？　三回も？　尾行を気づかれたってことか？」

「いえ、気づかれたとは思いませんけど……、上野《うえの》公園近くを走っているときに、見失ってしまったんです」

祐一はホワイトボードを見つめながら首をかしげた。

「おかしいですね。坂巻さんの自宅は初台で仕事場は目白。上野公園とはまるで方向が違うのでは？」

玉置がうなずく。

「そうなんすよ。だから、おれら、上野公園の近くに坂巻の知り合いの家でもあるのかと思って、注意深く尾行したんですが、それでも運悪く三回だけまかれちゃったんですよね」

「おいおい、しっかりしてくれよ。その三回まかれた日、やつはどこかへ寄ったかもしれないじゃないか。その場所は確認できなかったってことか？」

玉置は小脇に抱えていたノートパソコンをテーブルの上に置くと、何やら操作を始めた。

「こんなときはNシステムの出番ですよ。坂巻の車の追跡を行ったところ、上野公園近くの大通りへ入っていく姿が目撃されました。そこまでわかれば、あとはそこで張っていればいいわけですから」

Nシステムとは、自動車ナンバー自動読取装置のことである。走行中の自動車のナンバープレートを読み取り、手配中の車両のナンバーと照会することが可能である。そこらじゅうに設置してあるわけではないため、走行車両のすべてを隈《くま》なく追跡できるわけではない。

玉置がホワイトボードの地図の一点を鋭く突いた。台東区にある上野公園の近くである。

「そこでようやく見つけ出したのが、上野公園近くのこの通りです。ここまでは追跡できました。坂巻はこの付近のどこかに立ち寄っているはずです。ひょっとしたら広崎教授と会っているかもしれません」

「秘密基地ってわけか。いや、秘密の実験室かもしれないな」

祐一は一同を一人ひとり見つめた。

「いまから捜索令状を取って、この秘密の実験室を急襲する。各捜査員は万が一のため、護身用に拳銃を所持するように」

9

午後七時、警視庁の地下駐車場にて、玉置、玲音、森生の三人の部下たちは、普段とは違った装備に身を固めていた。ヘルメットと防弾ベストを着用し、拳銃を所持していた。

「このままテロ組織とでも戦えそうな装備だな」

玉置が少しうれしそうに言うと、玲音が興奮して鼻息荒く返した。

「わたし、正当防衛なら撃ちます！」

長谷部がたしなめねばならなかった。

「いやいや、早まるなよ。怪物は極力生け捕りにしろとのことだ。っていうか、怪物といっても小さなもんだろうから、これでもやりすぎな感は否めないが」

作戦の内容はこうだ。過去三回、午後八時半ごろ、坂巻は上野公園近くの大通りを通過したとのことなので、最上博士と長谷部と祐一の乗った車は先にその通りで見張る。

一方で、玉置と玲音、森生の乗った車は、大学から坂巻の車を追跡する。

二台の車両は二手に分かれ別々の目的地へと向かった。祐一たちの乗った車は本郷《ほんごう》の帝都大学を越えて、東京芸術大学のキャンパスを横目に通り過ぎ、上野公園近くの大通り沿いで止まった。坂巻が過去三回通過したというポイントである。

玉置から連絡があり、東京生命大学の駐車場から坂巻の車が出たと報告があった。あとはその日、坂巻が上野公園近くの隠れ家に寄ることを祈るばかりだった。

八時十五分過ぎ、玉置から連絡が入った。坂巻が上野公園方面に向かったので、もうじき祐一たちの目の前を横切るだろうという。運が味方をしてくれたようだ。

しばらくすると、祐一の目の前をシルバーの車両が走り過ぎた。ナンバープレートを確認すると、坂巻の車である。長谷部が素早く車両を発進させた。

坂巻の車の後ろをぴたりとついていったが、坂巻が尾行に気づいた様子はなかった。左手に大きな暗闇が広がっていた。どこまでも続くかのような闇の正体は墓地であった。やがて坂巻の車は墓地に面した通りに建つ一軒の家の前で停止した。長谷部は少し行き過ぎてから路傍に車を止めた。車の中から振り返ってみると、坂巻が車から降りて家に入っていくところだった。ベージュの外壁に黒い屋根を頂いた、何の変哲もない建物だ。あたり一帯を見れば、みな同じような外観の家々が並んでいる。

閑静な住宅街であり、午後九時前、人通りはなかった。祐一は車の外に出てみた。十月半ばのこの時期にしては少し肌寒い。目の前に墓地があるからだろうか。墓地はすっぽりと闇に呑まれ、無音の一帯が延々と広がっていた。

玉置から再び連絡が入った。近くの路傍で車を止め、待機しているという。呼べばいつでも武装した三人の捜査員が駆け付けるというわけだ。

坂巻の隠れ家の照明が点《っ》いた。

長谷部が口を開いた。

「二人の愛の巣っていう見立ては、いまもおれの中では消えてないんだけどな。アセクシャルだっていうキャラにしている手前、秘密に行動しているんじゃないかなぁ」

祐一はおとなしくしている後部座席の最上博士をちらりと見た。最上はずっと墓地のほうをうかがっていた。

「それじゃ、家宅捜索を始めるか」

長谷部は玉置に連絡を入れ、捜索にかかるよう命じると、ドアを開いて外に降りた。祐一と最上もそれに倣《なら》う。三人は坂巻の隠れ家のほうへ歩き出した。家の前に差し掛かったところ、最上が足を止めて、あたりを見渡した。

祐一は気になって小声で尋ねた。

「どうかしたんですか？」

「やけに静かだなって思って……。ほら、耳を澄ましてごらんよ。よその家の庭からは、秋の虫たちの鳴き声がひっきりなしに聞こえてくるのに、この家にはこんなにちゃんとした草木が植わっているのに、虫の鳴き声がぜんぜん聞こえないんだよ。どうしてかなって思って」

長谷部に言われていたら、興味さえ示さなかっただろうが、最上から指摘された言葉ゆえに、祐一は薄気味悪さを覚えた。

なぜ、この家の周囲にだけ虫がいないのか。

いったい何がそうさせているのか？

玉置たちが現れて、門扉の前で六人は集合した。

長谷部が玄関のベルを鳴らすと、坂巻がすぐに現れたが、なんと白衣を着ていた。

祐一たちの顔を見て、驚いた様子だった。

「いったいどういうことですか？」

「わからないですか？」

長谷部が捜索令状を掲げながら言った。

「坂巻敦さん、あなたと同僚の広崎千尋教授に、大学から研究用の備品や試料を持ち出した容疑がかかっています。家宅捜索令状もありますので、われわれを中に入れてください」

坂巻はしばらく衝撃を受けて絶句していた。

「盗んだつもりはなかったんです。大学の研究の続きをこちらで継続しようというだけですから」

「それでも、ここはちゃんと認められた研究施設ではないですからね。というか、個人の自宅のようじゃないですか。さ、捜索させてもらいますよ」

長谷部は坂巻とともに屋内に入り、そのあとを玉置、玲音、森生の三人、それから祐一と最上が続いた。

靴脱ぎ場の向こうに上がり框《かまち》があり、短い廊下が四方に延び、二階に続く階段もあった。

坂巻が最初に案内した部屋はリビングだったが、一同はそこで驚くべきものを見た。リビングがちょっとした研究室になっていたのだ。実験が行える各種実験機器や器具がそろい、作業テーブルや棚の上にはシャーレが置かれていた。それらは広崎教授がここでリプログラミングを行っていたことを示していた。

長谷部がシャーレの一つを覗き込み、ぎょっとして身を引いた。

「目玉だ……。おれ、いま再生された目玉と目が合っちまった……」

祐一は一応なだめるために言った。

「大丈夫です。脳がなければ、その目は何も見えていません」

最上博士が部屋の中央に立ち、ざっと室内を見渡した。

「うん、ここは広崎先生の隠れ家兼隠れ実験室だね。いま自宅の一室やガレージで実験をやる、日曜大工感覚のＤＩＹバイオロジーが流行っているからね。ＤＮＡ解析の実験に使う各種費用が劇的に下がったから」

長谷部が坂巻のほうを向いた。

「広崎教授はどこにいる？」

坂巻はうつむいて、視線を伏せた。

「どこにいるかと聞いているんだ！」

坂巻はおずおずと右手を上げると、大型冷蔵庫のほうを指差した。

玉置が意図をくみ取り、冷蔵庫に駆け寄ると、ドアを開いた。

「うわっ⁉」

その背後から覗いた森生が悲鳴を上げた。

「ひゃあああああっ！」

驚いて見ると、冷蔵庫の中に、広崎千尋が体育座りをした状態で死んでいた。雪女のような顔がさらに白くなっていた。冷蔵保存されていたため、死後どのくらい経っているのかわからなかった。

玲音が素早く確認した。

「死んでいます。詳しい死因はちょっとわからないです」

長谷部が坂巻の前身頃をつかんで怒鳴った。

「誰だ⁉　おまえが殺したのか⁉」

坂巻は上ずった声で叫ぶように言った。

「わ、わたしじゃない……」

「じゃあ、誰だ？」

「あ、あいつが……。怪物が殺したんだ……」

「怪物……？」

長谷部が坂巻を放してやると、坂巻は膝に手を突き、荒い息を吐いた。

「広崎先生が生み出してしまった怪物のことです」

「何てことだ！　やっぱりあんたたちは培養した各パーツを集めて、怪物をつくっていたのか？」

坂巻は悔しそうに歯噛みした。

「わたしではなく、広崎先生です。まさかあんな怪物が出来上がるなんて思いもよらなかったんです」

祐一は衝撃を受けていた。

「各オルガノイドをつなぎ合わせることに成功したんですか？」

「そ、そうです」

死体を調べていた玲音がくるりと振り返り、驚愕の表情で一同を見た。

「ちょっと！　それってわたしの細胞からそれぞれ培養したやつのことですよね⁉　つまり、全部わたしから生まれたパーツをつなぎ合わせた小さなわたしってこと？」

坂巻は渋々というようにうなずいた。

「広崎先生は名前を付けませんでした。まさに怪物としか言い表しようがないので、わたしは怪物と呼んでいます」

長谷部が怒鳴りつける。

「で、その怪物はどこにいるんだ？」

「わかりません」

「本当のことを言え！」

「本当です。この家にいることもあれば、外に出て行くこともあります」

「勝手に動き回れるのか……!?」

長谷部は玉置たちに向かって顎をしゃくった。

「手分けして捜索しろ」

玉置と森生がリビングから出て行ったが、玲音は冷蔵庫の前から動かなかった。

「玲音、どうした?」

玲音の顔色が青ざめている。

祐一はすぐに玲音の異変の理由がわかった。自分の細胞からつくられたオルガノイドを合体させた生き物が広崎教授を殺害したことに悔いのようなものを感じているのだろう。罪悪感さえ覚えているかもしれない。

「玲音さんが責任を感じる必要はありません。こんな忌《い》まわしい実験を行った人物が悪いんですから」

玲音は頭を下げると、広崎教授の遺体を冷蔵庫の中に戻し、玉置たちのあとを追って外へ出た。

祐一と最上と長谷部は、坂巻と一緒にリビングに残った。

坂巻は息を整えると、リビングの窓から外を覗き、向かいに見える黒々とした一帯を示した。

「あそこは墓地です。怪物は夜の時間帯になると、餌を食べるために、墓地に侵入します。草木に潜んでいる虫を食べているようです」

坂巻の家のまわりだけ虫が鳴かないわけである。

長谷部は驚いていた。

「広崎教授は怪物に殺されたと言ったが、そんなに殺傷能力があるのか？」

「つなぎ合わせた当初は十センチにも満たなかったんですが、急速に成長していって、いまでは五十センチくらいにはなっているでしょうか。知恵もあれば力もあって、隙を突いて広崎先生を冷蔵庫に閉じ込めてしまったんです」

長谷部が祐一に切羽《せっぱ》詰まった表情を向けた。

「コヒさん、これは思ったよりヤバい状況なんじゃないか。近隣住民に退去命令を出したほうがよさそうだ」

祐一もまったく同意見だった。島崎に連絡を入れてつながると、現状を手短に説明し、周囲一帯の封鎖および機動捜査隊の派遣を要請した。当然ながら、島崎は驚愕していた。

「そこまで危険な生き物なのか？」

「危険性は未知数です。できうる限りの対処をするに越したことはありません。小人は実在したという都市伝説が生まれる前に」

「そうだな。機動捜査隊を動かそう。周囲一帯の道路も封鎖する。そうそう、近くに動物園があったな。生き物に襲われないように動物園も封鎖したほうがよさそうだ」

島崎との通話を終えると、室内がしんと静まり返った。嵐の前の静けさのようだ。

長谷部はリビングを改造した研究室をあらためて見て回った。

「ここで、もう一体怪物をつくろうとしていたのか？」

坂巻は悄然《しょうぜん》としてうなだれている。

「怪物が頼むものですから……。一人きりは寂しかったんだと思います。それを断って、広崎先生は殺されました」

祐一は思い出して言った。

「本物のフランケンシュタイン博士の怪物も、怪物が自分一人だけでは寂しいと、自分の伴侶《はんりょ》となりうる異性の怪物を創造するように博士に頼んでいます。小説の中で、ですが」

坂巻が半泣きになりながら言った。

「わたしは引き延ばしているんです。もう一体も怪物を生み出したくない……」

10

捜索に必要なため、坂巻に描かせた似顔絵は、およそ人間とはかけ離れたものだった。理科室で見る人体模型図のようで、怪物には皮膚というものがなく、筋肉やところどころ臓器が剝き出しになっていた。

島崎の動きは素早かった。三十分後、周囲五〇〇メートル圏内の主要な道路が封鎖され、機動捜査隊の車両が巡回に当たった。

墓地一帯をメインに大規模な捜索が展開され、投入された捜査員は一五〇人を超えた。彼らは坂巻の描いた似顔絵を見はしたが、自分たちが捜索している対象がオルガノイドをつなぎ合わせた怪物であるとは知らされていない。未知の小動物が動物園内に紛れ込んだなどと説明を受けていた。とりあえず不審なものを発見すれば、ただちに捜査本部に連絡を入れるようにと。

現場に近いこともあり、祐一と長谷部と最上は坂巻の研究部屋を仮の捜査本部にして、その場で待機することにした。玉置たちは捜査員らとともに捜索に駆り出されていた。墓地は広く、捜索に時間がかかっているようだった。話すことも尽きて、じりじりする思いで待っていると、いつのまにか夜の零時を回っていた。

玉置からは何度目かの連絡があった。

「いやー、墓地は広いし、夜は暗いしで、こりゃ、朝までかかりそうですね。っていうか、ホントに怪物はこの墓地の中にいるんですよね？」

長谷部が坂巻に確認すると、坂巻は間違いないと請け負った。

「怪物の行動範囲は広くありません。自分が異形《いぎょう》の生き物で、人間とは見た目が違い、見つかれば大変な目に遭うことを本能的に理解しているようです。なので、この家にいないのであれば、墓地にいるに違いありません。あるいは、動物園のほうかも……」

長谷部が険しい表情になって言った。

「もう一度この家の中を捜索するか。コヒさん、ちょっと他の部屋を見てくる。坂巻さん、あんたも来るんだ」

坂巻は従順にうなずいて、長谷部とともにリビングを出て行った。

祐一と最上は実験器具の備わった部屋で二人きりになった。

「みんな出て行っちゃったね……。こういうときは心を落ち着かせるために、温かいハーブティーを飲みたいところだけど、そんな気の利いたものはここにはないかな……」

最上博士がおびえていることは一目瞭然だった。

祐一は最上を元気づけるためにも明るい調子で言った。

「島崎課長が言っていました。もしも、怪物を逃してしまったら、〝小人は実在した⁉〟なんていう都市伝説が誕生することになると」

「はは、それウケるね……。でも、都市伝説のいくつかは眉唾《まゆつば》な陰謀論だと思い込ませて、真実を隠すためにあるみたいだから――」

最上が最後まで言い終わらないうちに、「あっ」と鋭い声を上げ、左後方を素早く振り返った。

祐一は動揺して尋ねた。

「どうしました？」

「いま何かあそこで動いた……」

祐一は最上が視線を向けるほうを見たが、立てかけ式の掃除機が置かれていただけで何もなかった。

「そうやって怖がらせるの、やめてください」

「怖がらせてなんてない。本当に何かが動いたの！」

祐一はその場でぐるりと身体と首をめぐらしてみた。何もいない。少なくとも人間はいない。人が隠れられるような場所はない。

さっ――。

右の視界ぎりぎりのところで何かがさっと動いた、ような気がした。

「博士、何かいます……」

「ねっ？　ねっ？　いるよね？　どうする？」

「逃げます！」

祐一が最上の手を取り、戸口へ足を向けようとしたとき、ぎいぃと音を立ててリビングのドアが閉まった。

「何者だ？」

祐一は首をめぐらして、果敢に挑むように言った。

意外にも声が応じた。声というよりは音に近い不明瞭なものではあったが、確かにこう言った。

「……わからない」

声は思ってもいないところから降ってきた。

祐一と最上が頭上を見上げると、天井に、まるでヤモリのように人型をした得体の知れない生き物が張り付いていた。

けたたましい悲鳴が上がった。それが最上ではなく、祐一自身のものであると知り、祐一は少し恥ずかしくなった。横から最上の冷たい視線を感じた。

人型をしたものがひらりと床に落ちてきた。それは二本足で立った。皮膚のない血のように赤い筋肉組織で覆われた生き物だった。目蓋《まぶた》のない二つの球体の目が開いており、まっすぐに祐一を見つめていた。

「わからない」

その生き物はもう一度繰り返した。

「わたしはわたしが何者なのか、わからない……」

生き物が一歩足を踏み出し、近づこうとした。その分、祐一と最上は後ずさった。

「教えてくれ。わたしは何者なのか……。教授も教えてくれなかった」

廊下のほうから足音が聞こえ、何も知らない長谷部が坂巻と一緒に現れた。

「コヒさん、全部見て回ったんだが、どこにも誰も……、いた！」

話している途中で、長谷部は祐一と最上との間に立ったその生き物に気づき、素早くホルスターから拳銃を抜き、その生き物に向かって構えた。

最上が長谷部に向かって手で押し留めた。

「撃っちゃダメ！」

最上は怪物に視線を戻すと言った。

「わたしなら、あなたが何者であるかを教えてあげられる」

その生き物の唇のない口が裂けるように開かれた。喜んでいるようだった。

「わたしは何者なのか？」

最上は長谷部に向かって鋭く叫んだ。

「ハッセー、いますぐに玲音さんをここに呼んで！」

「お、おう。了解」

長谷部はスマホを握りしめると、呼吸を整えてから、平静な声で言った。

「あー、ちょっと玲音、悪いんだけど、戻ってきてくれないかな？」

しばらくすると、玄関先が騒がしくなり、玲音と、呼んでいない玉置と森生がやってきた。

何も知らされていなかった玉置と森生は、その小さな生命体を見るや、けたたましい悲鳴を上げた。

ただ玲音だけは、その生き物を見ても驚かなかった。

最上は玲音を指差すと、生き物に向かって言った。

「あなたはね、そこにいる玲音さんの肩の細胞から培養された玲音さんの分身なの」

いつもの玲音なら「巻き込まないでください！」と激怒していただろうが、玲音は何も言わずその生き物の目を見つめ返していた。その双眸《そうぼう》にはいくばくかの悲しみのような色が宿っているように見えた。

生き物は混乱した様子だった。

「玲音の分身……？」

「そう。玲音さんの分身。お母さんっていってもいいんだよ」

「なぜ、わたしは生まれた？」

最上も玲音もびくりと身体を震わせた。その質問が来ることを恐れていたのかもしれない。

祐一もまた胸にくさびを打ち込まれたような気がしていた。

なぜわたしは生まれたのか——。

その問いは、クローン技術によって生まれた者たちにも同様のことが言えはしないか。

亜美はなぜ生まれたのか？

クローンとの子である星来は何者なのか？

最上はすぐには答えられなかった。

「なぜわたしは生まれた？」

人間の身勝手な好奇心のためだなどと答えられようか。そんな答えを聞いて、生まれてきた者たちが納得できようか。

最上は真面目くさった顔で言った。

「この世界に生まれ落ちるすべての生き物は自分の意志でなんて生まれてこないんだよ。なぜ生まれたかなんて、両親がたまたま知り合って、愛し合って、いや、愛し合わなくても、生殖行為を経て、生まれてくる、ただそれだけのことなんだよ」

「わたしは生まれてきた意味が知りたいんだ。何のために生まれてきたのか」

生き物は怒っているようだった。ぎりぎりと歯ぎしりをしていた。

「人は、生き物は、何かのために生まれてくるんじゃない。生まれてきた結果、何かをするんだよ。あなたは何がしたいの？」

「わたしは何がしたいのか……」

生き物の表情から怒りが消えた。

「わたしは……」

生き物が次に言葉を発するまでには時間がかかった。その顔が大きく歪み、声を絞り出すようにして言った。

「わたしはただ愛し愛されたかった。にもかかわらず、愛してくれた人を殺してしまった……」

「広崎教授のことだね。何だ、ちゃんと愛されていたんじゃないの」

「わたしは愛されていた……？」

「なのに、あなたは愛し返してあげた？」

「わたしは……わからない」

そこで、最上はちょっと厳しい顔つきになった。

「あなたが自分も人だと思うのなら、あなたはしかるべき罰を受けなければいけないよ」

「こ、この子はどうなるんでしょうか？」

玲音が祐一に向かって昂《たか》ぶった感情をぶつけるように言った。

「この子は捕まってから、どうなるんですか？」

祐一は正直に答えることにした。

「この生き物を収監できる場所はありません。生体実験のためのモルモットにされる可能性もありますが、一番ありうる可能性は殺処分されることでしょうね」

玲音は身体から力が抜けたようによろめいたが、それは一瞬のことだった。その双眸《そうぼう》に強い決意の色が見えた。

玲音は生き物とまっすぐに向き合った。

「誰にもあなたを殺処分なんてさせない。こんな母親で、ごめんね」

玲音はホルスターから拳銃を抜いた。近くにいた長谷部が止める間もなく、玲音は生き物に向けて発砲していた。

玲音の目から一滴、涙が流れていた。

11

「結論から言えば、奥田巡査が撃ってくれてよかったんだ。状況から考えると正当防衛というわけじゃなさそうだが、相手は人じゃないんだし、だいたいおれが緘口令《かんこうれい》を敷いているんで、何ら気に病むことはないんだがなぁ」

島崎は何の痛痒《つうよう》も感じていないような口調だった。

奥田玲音巡査は今回の拳銃の発砲および生命体の射殺の件で、長谷部に休職願いを提出したと聞いている。

島崎はその心情が理解できないと嘆いているのだ。

「似顔絵を見たよ。あれは確かに怪物だ。あんなものはこの世に存在しちゃいけない。撃ち殺して正解だったんだ」

祐一は議論する気もなくしていた。

玲音の気持ちは痛いほどわかる。自分の身体の一部から生み出された生命体は玲音の分身でもあった。子供のいない玲音にとって、哀れな子供のように映ったのかもしれない。

玲音はあの生き物を「この子」と呼んだ。この世に生きてはいけず、罪をさえ犯してしまったわが子を自分の手で罰しなければならなかった親の気持ちは察するに余りある。

そこで、島崎はコーヒーを啜った。

「おれが間違っていたよ、コヒ。一足す一が二になるとは限らないんだな」

「いえ、わたしのほうが間違っていました。島崎課長がおっしゃったとおり、あの生き物は怪物なんかではありませんでした。異形ながらも、人の心を持ち合わせた人でした」

島崎は不思議そうな顔で祐一を見ていたが、やがて何もかもを理解したように、「そうか」とだけつぶやいて、ふっと微笑んだ。

12

祐一はまだ早い時間帯に赤坂にあるサンジェルマン・ホテルを訪ねた。最上博士が宿泊しているホテルである。警察庁の経費として宿泊費を払うためでもあるが、ホテルの二階にあるラウンジでは、よく最上博士が一人でお酒を飲んでいるのだ。特に事件が解決した日の夜には、一人で勝利の美酒に酔いしれるのが最上博士の好きなやり方のようだった。

最上が新入りのバーテンダーと何やらもめていた。聞くまでもないが、年齢確認のことに違いない。

祐一が最上に挨拶をして隣の席に着くと、最上とバーテンダーが二人同時に話しかけてきた。

「祐一君、わたしがちゃんと成人しているって説明してあげてよ」

「このお客様が成人していると嘘をつかれるんですが……」

祐一はバーテンダーに向かってやんわりと言った。

「嘘ではありません。成人しています。おそらくあなたよりも年上かと。わたしには黒のスタウトを……」

「わたしはマティーニね！　テキーラ多め」

バーテンダーは「すみません」を連発しながら、カウンターの片隅に行って、マティーニをつくり始めた。

「そう、玲音さんはお休みするの」

祐一から話を聞くと、最上は悲しそうにつぶやいた。

「玲音さんはきっと、あの子を待ち受ける処遇を思って、やりきれなくなってああいう行動に出ざるを得なかったんだね」

スタウトとマティーニが運ばれてきて、祐一と最上は乾杯した。

「あの生き物を見たとき、あろうことか、わたしは亜美のことを思い出したんです」

祐一はグラスをあおった。それ以上のことを話すには、お酒の力が必要だった。スタウトをぐっと飲み干すと、バーテンダーにお代わりを頼んだ。

「亜美はクローンでした。通常の人間とは異なるものと言わざるを得ないでしょう。言うなれば、亜美もまた怪物かもしれない。怪物の子である星来も怪物なのかもしれない……」

「祐一君、そんなことはないよ……」

「いや、もちろん見かけは普通の人間と変わらない。中身だってそうです。亜美は心根のやさしい明るい女性でした。星来はその性格を受け継いでいます。特別に悪い要素は見当たらない。怪物の要素なんて微塵《みじん》も見当たらない。でもしかし、自然界では絶対にありえない方法で生まれてきてしまった。その一点において、普通の人間ではないんです。あの生き物と同じなんですよ」

「確かにクローンはね、Aさんの体細胞の核を、核のないBさんの受精卵に挿入して、そのままのAさんをつくろうっていう技術だからね。自然界には存在しない。でも、それでいうと、なかなか子供が恵まれない家族が行う不妊治療だって、本来であれば生まれない子供を無理を通して産ませようとする技術だもんね。代理母もみんなそうだよ。科学技術を使った不妊治療はみんなそう。科学を使うっていう時点で、自然とは違うんだよ」

「それはそうですが……」

「人間は好奇心とよかれという思いから科学を生み出したのに、科学は悪にも使われることがある。でもね、科学には善も悪もないんだよ。科学の力を使って生まれてきた生命にも、善も悪もないんじゃないかなぁ」

最上博士は自分の説に納得するようにうなずいてから続けた。

「うん、亜美さんも、星来ちゃんも善でも悪でもない。あの生き物だって善でも悪でもなかったんだけれど、悪の行為を犯してしまったということだよ。善とか悪とかを決めるのは、その後の人生なんだ。生き物はね、みんな善悪を超えてね、ただ存在しているの。そして、存在する生き物ははかなくて愛おしい存在なんだよ」

「最上博士……」

祐一は滂沱《ぼうだ》の涙を流していた。

「おっしゃるとおりです。亜美ははかなく愛おしい存在です。星来もまたはかなく愛おしい存在なんです。だから、わたしは星来との時間を大切にしてやりたいと思っています」

「よ、よかったね。祐一君、泣きすぎだから……。外のお店では注意してね」

気がつくと、ラウンジはほぼ満席になっており、若い女性の前で泣きながら頭《こうべ》を垂れている男を何事が起こったのかと、客たちが驚きの目で見ていた。

第三章　原初に生まれた生命《ルカ》

1

警護が厳重であるためか、殺害の意図がないのか、沢田克也はまだ現れていなかった。

祐一の考えでは、沢田は汚れ役を担うクローンの中でもリーダー的存在であり、他の使い捨てのクローンとは格が違う。

沢田の居場所を突き止めるために、カール・カーンの行動確認を行うことも考えたが、慎重なカーンのことだから、沢田と直接接触するとは考えられないような気がした。クローンたちには血よりも強いつながりがある。彼らは遺伝子がまったく同じなのだ。そこまで絆《きずな》が強ければ、もはや会って情を深める必要などなく、カーンが通信機器を使って命令を下せば、沢田はそれを絶対に守るだろう。

祐一は考えた末に、島崎に頼み事をすることにした。祐一のほうから話があって、課長室を訪れることはめずらしかった。

「ボディハッカー・ジャパン協会の沢田克也の件です。須藤朱莉の口を封じるために現れるものと思っていますが、いまだ姿を見せません。カール・カーンを落とすには沢田の逮捕が不可欠です」

「うん、そうだろうな」

「それで、以前、課長が公安はボディハッカー・ジャパン協会を監視しているとおっしゃっていたことを思い出しました」

「公安の総務課だ。新興宗教なんかの動向を監視している部署だよ」

「沢田克也も監視対象になっているのではないでしょうか?」

島崎は険しい表情になった。

「さあ、どうだろうな。それに、公安は何かあったら自分たちの手でボディハッカー・ジャパン協会に団体規制法をかけようと考えているようだから、たとえ、沢田を監視下に置いていたとしても、おれたちに協力するかどうかは怪しいな」

団体規制法とは正式名称を『無差別大量殺人行為を行った団体の規制に関する法律』という。団体の活動として役職員、構成員が無差別大量殺人行為を行った場合、その団体の活動状況を明らかにし、または当該行為の再発を防止するために必要な規制措置が定められている。刑事警察と公安警察は犬猿の仲とも言われているほど折り合いが悪いために、島崎の言うことは真っ当であるように思われた。

「まあ、一応、総務課長に聞いてみるが、おれたちはおれたちのやり方でやったほうがいい。これまで沢田の犯行と思われる事案を徹底的に洗い直す。現場周辺の防犯カメラの映像を解析する。必ず容疑者が映っているはずだからな。おい、聞いているのか?」

島崎が話している内容はすべて捜査員が時間をかけてやってきたことだ。それでも結果が出ていないのだった。

祐一は心の中でため息をついた。

2

市川拓也《いちかわたくや》はライデン製薬に五人いる秘書の一人であるが、唯一個室を与えられ、ただ一人の人物のアシスタントをしている秘書であった。三十二歳の市川は、身だしなみには気を遣い、高価なダブルのスーツに身を包み、足元にもおカネをかけていた。高価な腕時計を身に着けたかったが、残念ながら左腕に巻いているのはそこらのブランドものより高価ながらも、いわゆる通常の腕時計ではなかった。その人物が発明し、渡されたものだ。

その日の朝も、秘書室に着いてメールをチェックしていると、その人物からのメールが届いていた。ライデン製薬で進められている各研究プロジェクトを統括する立場にあるその人物は、プロジェクトの進行状況を逐一把握し、作業の効率化や改善の指示などを毎日メールに書き記す。多忙でありながらも、その文字数は日に一万字を超えることもある。人間離れした人物である。

それもそのはず、古都大学名誉教授である榊原茂吉は、その名が世界にもとどろくほどの有名な天才科学者なのだ。進化論に関する優秀な研究成果が評価されて国際的にも有名なダーウィン・メダルを受賞している。日本生物進化学会や日本大脳生理学学会など、複数の学会の会長を務めるなど、日本科学界のドンといっても過言ではない。

名誉教授という職は名誉職であり、大学に出勤して講義をすることはなく、したがって給料を受け取ることもない。そのため、榊原茂吉は大手製薬会社のライデン製薬の役員に名を連ね、ついでに各研究へのアドバイスなどを行っている。一流のプロスポーツ選手以上の年俸をもらっているはずだ。

今朝のメールには指示に加え、原稿が添付されていた。榊原教授が取り組んでいたオリバー・ランバード博士の著作の翻訳原稿だ。オリバー・ランバードはイギリス人で、榊原教授よりも一回り年上で兄のような存在であるという。四〇〇字詰め原稿用紙に換算すれば、鉄アレイくらいの重さになる長大な原稿である。

御年六十五歳の榊原茂吉のバイタリティにただただ脱帽するばかりだが、教授には夢があり、まだまだ元気さを失うわけにはいかないのだろう。なぜなら、榊原茂吉はひたすら待っているからだ。それはもう渇きを感じるほどまでに。

いつしかノーベル生理学・医学賞を受賞することを——。

榊原茂吉はランバードと共同で行った研究により、最小のゲノムを持った人工生命体〈シンプリン〉を完成させた実績がある。

人工生命体とはその名のとおり、人間の手によって人工的につくられた最小のゲノムを持った生命体のことである。地球上に最初に生まれた生命体とはおそらくシンプリンに近いものだったと予想される。

それだけでもノーベル賞級の研究成果だったが、榊原茂吉はさらに先へと研究を進め、放射線照射により突然変異を起こさせ、シンプリンが雌雄を持つよう進化させたのだ。原初の性が誕生した瞬間を再現したとして世界的な評価を受けた。

榊原茂吉がノーベル賞を受賞すれば、ライデン製薬にも箔《はく》がつくし、株価も上昇するだろう。個人秘書の市川としても鼻が高いというものだ。

小一時間ばかり作業をしていると、卓上の電話が鳴った。受話器を取り上げて応じると、相手は東京科学大学の武田康太《たけだこうた》准教授と名乗ったが、市川はその名前を聞いたことはなかった。武田准教授は、シンプリンの雌雄が生まれた進化の過程について発見したことがあるという。

科学の世界ではよくあることだが、何か新しい発見がなされ、論文などで発表されると、第三者が追試と呼ばれる後追い実験を行い、その真偽を確認する作業を行うのが通例である。その第三者による追試を経て、同様の結果が導き出された場合、その科学的発見なり発明が事実であると結論付けられるというわけだ。榊原とランバードは、追試実験のために、何人かの科学者にシンプリンを分け与えていた。日本では、帝都大学と古都大学、東京科学大学の研究者にシンプリンを分け与えていたが、電話の主は追試実験を行った科学者の一人だった。

武田はいますぐに榊原教授と会って話したいようだったが、そうはいかない事情があった。

市川は榊原の代わりに自分がまず話をうかがいたいと伝えた。秘書といえども大学は理系で、大学院まで進んでいる。だんだんと武田が言わんとするところが明らかになったときには、市川の受話器を握る手はぶるぶると震えていた。

武田はまだ何かを話していたが、もはや市川の耳には届いていなかった。

なんとか通話を終えると、市川は震える指で榊原教授につながる番号を押した。

「市川君、ごきげんよう。何かあったのかね?」

いつもと変わりない呑気《のんき》そうな榊原茂吉の声が応えた。

市川は唾を呑み込むと言った。

「先生、大変なことが起こりました!」

3

その日、登庁して自席に座ると、上司の島崎博也課長から、隣の課長室へ来るようにメールで指示があった。またSCIS案件かもしれない。祐一もいまではすっかり科学的に不可解なSCIS案件に心を奪われているようなありさまだった。

課長室では、いつものようにストライプ柄のチャコールグレイのスリーピーススーツをぴしっと着こなした島崎が、コーヒーを淹れているところだった。

「飲むか？」

「いただけるならいただきます」

祐一は応接セットの対面のソファに腰を下ろした。

島崎はもう一つのカップにコーヒーを注ぎ、祐一のほうへことりと置いた。

「ついにドンのほうからお声がかかった」

島崎は険しい顔つきでそう言い放った。フレームレス眼鏡の奥の双眸《そうぼう》が鋭く光っている。

「といっても、その秘書からだが」

「ドンとは？」

「われわれの間でドンといったら、古都大学名誉教授の榊原茂吉に決まっているだろう。人工生命体の研究でノーベル賞の候補に名が挙がっているし、まぎれもなく日本科学界のドンだ。そして、ＳＣＩＳの因縁の相手でもある。だろう？」

祐一はソファの上で身を乗り出した。

「ええ、そのとおりです。それで、榊原は何だと言ってきているんですか？」

祐一は心臓の鼓動が強く打ち始めるのを感じていた。ボディハッカー・ジャパン協会のカール・カーンが行っているクローン実験の背後には、絶対に榊原茂吉の存在があるに違いないとにらんでいるからだ。

島崎は誰かが書いた報告書のようなものを読みながら言った。

「榊原が作製した人工生命体〈シンプリン〉の全サンプルが実験室から盗まれたと主張している。榊原はいまもシンプリンを使った研究を行っており、さらなる進化の解明を追究しているというから、そのシンプリンが盗まれたということは実に大きな損失になることはわかるだろう？」

祐一は怪訝に思い、上司を見つめ返した。

「事の重大さはわかりますが、なぜわれわれＳＣＩＳに話が上がってきたんですか？」

「もちろん、うちが一番科学に通じているからに決まっているじゃないか」

今回のケースは榊原教授の最先端の科学に絡むサンプルが盗まれたということであり、事案としては窃盗になる。重大な窃盗であれば、主に警視庁捜査第三課が扱うはずだが。

島崎はじっと祐一を見つめた。何かを訴えかけてくるような眼差しだった。

「榊原茂吉はＳＣＩＳとは因縁のある相手だろう。ここで一度、会っておいても損はなかろうとも思ってね」

祐一としてもぜひとも会ってみたかったが、最上のことを思い戸惑いも感じていた。

帝都大学で最上博士の同僚だった速水真緒《はやみまお》准教授は、榊原茂吉の長男である吉郎に殺害された。最上博士の研究データを盗み出すためである。それを指示したのが、最上の天才性に嫉妬《しっと》していた榊原茂吉ではないかと祐一は疑っているのだ。

祐一たちが捜査したいくつかの事案には、日本の製薬会社大手のライデン製薬やボディハッカー・ジャパン協会がかかわっていた。榊原茂吉はライデン製薬に在籍し、カーンとは深い関係のようなのだ。

「確かにそうですね。カール・カーンと同じ顔をしたクローンのこともそうです。彼らにはオリジナルがいるはずです。同じくクローンであるわたしの妻が生きていれば今年三十四歳であることを考えると、三十四年も前に人間のクローンを生み出せるような技術をその科学者は持っていたことになります。そのような科学者は世界に何人もいなかったでしょう」

「榊原茂吉か」

「榊原以外には考えられません」

「なるほど。カール・カーンは榊原茂吉のクローンってことか……」

「そのクローンが何人もいるのです。沢田克也のように汚れ役を担当している者もいます」

祐一は疑問に思って尋ねた。

「榊原はわれわれが捜査を担当していることをわかっているんですよね？」

榊原茂吉という男にとって、祐一たちＳＣＩＳは敵のような存在だ。自分の大切なものが盗まれたとはいえ、ＳＣＩＳに捜査を依頼するだろうか？

「もちろん、承知の上で捜査の依頼をこっちにしてきているんだろうな」

「何か裏があるとしか思えません」

島崎は腕組みをして椅子の背にもたれた。

「やっぱりおまえもそう思うか……。だがしかし、今回はそのぐらいパニックに陥っているってことかもしれないぞ。どちらにせよ、因縁の相手に会っておくに越したことはないと思うがね」

「わたしも望むところです」

引っかかることだらけだったが、祐一は強くうなずいた。

島崎は立ち上がると、後ろ手に窓の外をながめながら言った。

「何度も言うようだが、相手は次期ノーベル賞候補者だ。表向きだけはけっして失礼がないように、今後の研究に滞りが起きないよう、可及的速やかに事件を解決してもらいたい。

それとだ。おまえから頼まれていた件、公安総務課長に聞いてみたよ。本当か嘘かはわからないが、公安は沢田克也という人物をマークしていないと言われた。こっちが情報を提供するような形になってしまった」

「そうですか……」

最初から期待していなかったことだったが、これで沢田克也は祐一たちの手で見つけ出さなければならなくなった。

須藤朱莉の回復力は著しく、もうじき退院できると主治医が語っていたのを思い出した。

いまのところ、沢田の影はちらついていない。


祐一はスマホを取り出して、最上博士の番号を検索すると、しばし物思いに沈んだ。

五年前、帝都大学の教授であった最上友紀子は最先端かつ斬新な各種論文を発表したことにより、国内の十三もの学会から白眼視《はくがんし》されるという憂《う》き目に遭ったが、それは旧態依然とした勢力を怒らせたからだ。榊原茂吉はそのうちの七つの学会の重要な職にあり、榊原が主導して最上を帝都大学にいられないように圧力をかけ、日本の科学界から最上を追い出したといっても過言ではない。

榊原が最上にした悪行はそれだけではない。同じころ、最上の右腕だった速水真緒准教授が何者かに睡眠薬を盛られて殺害され、最上たちの研究データが盗まれるという事件が起きた。はたして犯人は榊原茂吉の長男、榊原吉郎であった。逮捕時、吉郎は急性放射線症候群で死に瀕《ひん》しており、死ぬ間際に、自分の罪を告白したが、上層部の判断により速水真緒の死は自殺として処理され、吉郎は立件されなかった。

吉郎は親の七光りで大学の講師をしているような無能な男だったので、最上の研究データを得たところで、それを役立てられるとは思えない。つまりは、吉郎に研究データの奪取を命じた人物がいると思われ、それが榊原茂吉か、あるいは榊原が役員を務めるライデン製薬、あるいはライデン製薬とも通じているボディハッカー・ジャパン協会のカール・カーンではないかと考えられた。いや、この三者はつながっているがために、三者が共謀して最上博士の研究データを盗ませたとも思われる。

祐一は陰鬱《いんうつ》な気分になった。今回の事案に最上博士を巻き込んでよいものだろうか。彼女は榊原との因縁など思い出したくないかもしれない。あるいは、因縁の糸を永遠に断ち切るために、勇敢にも過去と対決しようとするだろうか。

判断は彼女に任せよう。ＳＣＩＳメンバーの中で科学的な知識を有しているのは、最上博士ただ一人なのだから。

祐一は思い直してスマホを仕舞った。電話で伝えるよりも、今回は最上博士の目を見て、直接話をしたほうがよいような気がした。

最上は、東京都内といえども、八丈島に住んでおり、呼べばすぐに飛んでくるというわけではない。飛んでくることは絶対にない。飛行機が飛ぶ科学的な原理がまだ完全には解明されてはいないと、かたくなに信じているからだ。現に飛行機は安全に飛んでいるのだが、理論的な裏付けのほうが、最上にとっては何より大事らしい。仕方ない。祐一のほうから出向いていくしかあるまい。

4

最上博士の自宅のある八丈島は伊豆諸島の一島であり、東京都の本州島側より南方二八七キロメートル彼方にありながら行政区分は東京都になる。

十月下旬の八丈島は、背広を着ているとちょっと汗ばむほどの気温だった。風が幾分強いだろうか。

「いやー、ここが八丈島か。海はきれいだし、自然は豊かだし、いいところじゃないか。名物は何だろう。腹減ってきたよ」

長谷部がそんな呑気なことを言った。八丈島に最上博士を訪ねると話すと、自分も一度はご挨拶にうかがいたいなどとついてきたのだ。ただ観光がしたかっただけだろう。

祐一も八丈島は二度目である。一度目は最上博士をSCISのメンバーに引き入れたときだ。前回は急ぎだったため日帰りで、名物を食べることなど頭になかった。今回も同様である。長谷部は仕事であることを忘れているのではないか。

「行きましょう」

祐一はネクタイを少し緩《ゆる》めるとタクシーを拾った。

最上は八丈島の中にあっても人里離れた場所に住んでいる。八丈富士の麓《ふもと》近くになり、いよいよ森林ばかりが広がるようになったころ、石垣の崩れかけた民家が見えてきた。古ぼけた木造平屋建てである。

「ホントにこんなところに博士は住んでるのか？」

祐一も初回に思ったことだ。門扉のない出入り口から敷地に入り、玄関脇に設置されたインターフォンを押した。

しばらく待つも応答がない。ひやりとした気分にさせられる。はるばる八丈島まで来て、最上博士に会えないなどという事態だけは避けたい。そういえば、初めて訪問したときも少し待たされた記憶がある。屋敷の下には広大な地下があり、最上博士はそこで動物たちと戯《たわむ》れているのだ。あれを見たら、長谷部は腰を抜かすだろう。

もう一度インターフォンを押し、五分ほど待ってみたが、応答がなかった。

「おかしいですね」

「こんな田舎のことだ。山へ柴刈りか、川へ洗濯にでも行っているんじゃないか。ふふ」

アポイントメントは取ったはずだ。祐一はスマホを取り出して、電話をかけてみることにした。

とたんに思いもかけないところから着信音が鳴り響いた。なんと空からメロディが降ってきたのだ。

見上げると、銀色の円盤が浮遊していた。祐一は驚きのあまり腰を抜かしそうになった。長谷部は実際にひっくり返った。

「ゆ、未確認飛行物体《UFO》……!?」

円盤は少しずつ降下してきた。直径二メートルほどだろうか。円盤の下部に高速回転するブレードが見え、ホバリングの原理により浮上しているのだとわかった。

「祐一君にハッセー、こんにちは！　ごめんごめん、驚かせちゃったね」

声が聞こえた。明らかに最上博士のものだった。

「最上博士？」

円盤がゆっくりと下降して、祐一と同じくらいの目線になると、円盤の上に最上博士が手すりにつかまった状態で立って乗っているのが見えた。

「驚かさないでください。何をしているんですか？」

「うん？　さすがに反重力装置をつくることはできなかったので、ホバリングで浮遊する円盤の上に乗って、スカイウォーキングしていたところよ」

円盤を地面に着陸させると、最上はすとんと降りた。眉の上でぱっつんと切り揃えられたおかっぱ頭には天使のリングが浮かび、オレンジの古着風のTシャツを着て、デニムのホットパンツを穿いていた。足元は目にもまばゆい白のスニーカーである。

「二人とも、遠路はるばる疲れたでしょう。いまハーブティーを淹れてあげるから、ゆっくりしていきなさいな。そうそう、わたしのお手製の琥珀糖《こはくとう》があるけど、食べるよね？　これがシャリッとしておいしいんだ」

玄関ドアの中央に手のひらをあてがうと、ピッという電子音がして、ドアが自動的に内側に開いた。この家は最新鋭のセキュリティシステムを備えているようだ。

高級なペルシャ絨毯《じゅうたん》が敷き詰められた西洋風の優美なリビングでソファに腰かけ待っていると、最上がトレイに二つのカップと琥珀糖の小皿を載せて運んできた。

長谷部は琥珀糖に手を伸ばし、シャリシャリ音を立てながら、「こりゃ、旨いな」と食べ始めた。

ハーブティーを一口含むと、瑞々《みずみず》しいレモンの香りが口の中に広がり、次いでペパーミントの清々しさが鼻を突き抜けていった。

「不思議な味のするハーブティーですね」

最上は嬉しそうに微笑んだが、すぐに笑みを消して、真顔になった。

「何か重要な話があるから、ハッセーまで一緒にわたしの自宅までやってきたんでしょう？」

祐一はカップをテーブルの上に置くと、かしこまって口を開いた。

「実は、榊原茂吉から警察に捜査の依頼がありまして……、島崎課長からわれわれに捜査命令が下りました」

最上博士の顔に陰りが差した。

「何が起きたの？」

「ライデン製薬の研究室に保管していた人工生命体が何者かによって盗まれたそうです」

「えっ、シンプリンが……」

「ええ、シンプリンというらしいですね。榊原教授はシンプリンの実験でダーウィン・メダルを受賞して、ノーベル賞候補にも名が挙がっているのだとか」

「そうなのよ。そのシンプリンがなくなってしまうなんて失態もいいところね」

祐一は痒《かゆ》くもないこめかみを少し掻いた。

「ところで、申し訳ないのですが、人工生命体がどういうものなのかについて教えていただけますか？」

最上は困惑をあらわにした。

「そんなの、人工の生命体のことだけれど……」

そんな答えでは困惑するのはこちらのほうだった。

「まあ、それはそうかもしれませんが、もう少し詳しく……」

「じゃあ、人工生命体が誕生した歴史についてちょっとお話しするとね、世界で最初に人工生命体を作製したのは、アメリカの分子生物学者であり実業家のクレイグ・ベンターの率いるチームなのね。生命体が生命体として生きていくために必要な最小限のゲノムを突き止めて、その情報に基づいてＤＮＡを構築したの。

具体的には、マイコプラズマ・マイコイデスという極小のゲノムを持つ細菌をベースにして、少しでも壊れると細菌が死んでしまう必須の遺伝子、長期間の安定した増殖に必要な準必須の遺伝子、それがなくても細菌の精子や増殖に変化がない必須でない遺伝子とをふるいにかけて、最小のゲノムを設計していったわけ。そうして、二〇一〇年、自然界で最小のマイコプラズマ・ジェニタリウムのゲノムの五八万塩基対を下回る五三万塩基対、遺伝子数四七三個の人工生命体が誕生したのね」

「うーん、最小のゲノムの人工生命体をつくることは、すごいんだろうってことは伝わってきた」

長谷部が早くもあくびを嚙み殺していた。

祐一もなんとか話についていこうと努めた。

「なるほど……。人工生命体とは必要最低限のゲノムで人為的につくられた極小の生命体のことなんですね？」

「だから、そう言っているじゃないの」

「となると、榊原教授とオリバー・ランバード博士が作製した人工生命体のほうは、クレイグ・ベンターのものよりゲノムのサイズがより小さいということなんですか？」

最上は青、赤、黄色とカラフルな琥珀糖をシャリシャリと音を立てて食べながら続けた。

「そうなのよ。（シャリシャリ……）ランバード博士と榊原教授は、マイコプラズマ・ジェニタリウムのゲノムから生命維持に必須ではないとみられる遺伝子を一つずつ削《そ》ぎ落としていったの。（シャリシャリ……）そうすると、やがて〝この遺伝子を削ぎ落としたら、生命が維持できない〟っていう限界にたどり着くでしょう。そこが生命を維持するのに必要最低限のゲノムであるというラインだよね。

ランバード博士と榊原教授が作製したシンプリンは、クレイグ・ベンターのチームよりも膨大な時間を費やしてつくったの。（シャリシャリ……）ちなみに、シンプリンのゲノムサイズは、四七万塩基対、遺伝子の数は三九七個だった。まぎれもなく世界最小のゲノムと遺伝子数を持った人工生命体なんだよ」

「うーん、大変だったんだろうってことは伝わってくるな」

長谷部がさも感心したようにうなずいている。琥珀糖がよほど気に入ったのか、次から次へと手が皿と口を往復した。

祐一も興味を持って黄色いものを一つ齧《かじ》ってみた。色がついているだけで、ただの砂糖の塊のようだった。

「素朴な疑問があります。（シャリシャリ……）どうしてそこまでして最小のゲノムを作製しなくてはならなかったんでしょう？」

「まあ、それは、科学者はみんなＬＵＣＡ《ルカ》がどんなものか知りたいからよ」

ＬＵＣＡならば祐一も知っていた。われわれ人間や動物や植物、単細胞生物や細菌など、あらゆる生物の共通の祖先、つまり、地球上に現れた最初の生物のことを指しており、英語で“Last Universal Common Ancestor”で、その頭文字を取って〝ＬＵＣＡ〟である。

「ＬＵＣＡはいまからさかのぼること四十億年前、地球が生まれて五億六千万年経ったころに誕生したと考えられているの」

想像を絶するはるか昔、ある瞬間に最初の生物が生まれたということだ。

「へー、ロマンだねぇ……」

長谷部はそんなことを言ったが、本当にロマンを感じているかどうかは疑わしかった。

「わたしたち人間を含むすべての生物の祖先がどんなものだったのか、それを知りたいと思うのは自然な欲求だと思うけど？」

「ええ、わたしもそう思います」

「まあ、わたしは彼らとはちょっと違うＬＵＣＡのイメージを持っていて、それもあって学会から爪弾《つまはじ》きになってしまったんだけれど……」

「それを聞くとまた話が長くなりそうなので、話を元に戻そうか」

「ええ、そうしましょう」

長谷部があわてて話をさえぎった。祐一も同意見だったのでうなずいた。

「では、榊原教授がノーベル賞候補に名が挙げられているのは、最小のゲノムたるシンプリンを作製し、とうとうＬＵＣＡと思しき生命体を人間がつくり出した功績が認められて、ということですか？」

最上はかぶりを振った。

「ううん、そうじゃないの。それってそれほどたいしたことじゃないっていうか。泥臭い作業なだけで、画期的な発見でも発明でもないからね。そうじゃなくって、榊原教授がノーベル賞の候補に名が挙がっている理由は、これはもちろんランバード博士も一緒なんだけれど、ＬＵＣＡと思しきシンプリンを雌雄を持つシンプリン・バージョン2.0へと進化させた功績が認められてのことなの。生命史上最初の雌雄の誕生だし、生命史上最初の進化の証明になるからね」

「進化の証明？　進化は証明されたものなのではないんですか？」

「へ？　進化論はまだ仮説なんだよ。証明されたものじゃないんだよ」

祐一も理工学部であったために、チャールズ・ダーウィンの著した『自然選択すなわち生存競争において有利な品種が保存されることによる種の起源』、通称『種の起源』を読んだことはある。ダーウィンの提唱した初期の進化論の主柱は、自然選択説という概念にある。自然選択説とは、環境に適した変異を持つ個体は、そうではない個体に比べて、生き残る確率が高くなる。その結果、世代を重ねていくと、環境に適した変異は、集団内での比率を高め、やがて、集団はその変異を持った種へと進化する、という説明が苦しいだけで、非常に常識的な仮説のことである。

二十世紀に入ると、進化論はより科学的な武装を身につけた。有名なメンデルの法則に端を発する遺伝学により、ダーウィンの仮説は科学的に補強されていったのだ。遺伝子の突然変異が引き起こす劇的な変化によって、環境により適応した特性を獲得したものが生き残るという。このダーウィンの自然選択説とメンデルの遺伝学をミックスしたものが、今日で言うところの進化論なのである。

最上は続けた。

「突然変異のほとんどは細胞にとって有害なものだからね。それが進化にとって有益なものが起きる確率は非常に少ないの。いまの進化論では大きな進化は証明できない。たとえば、細菌はどんなに変化しても細菌のままで、多細胞生物になることはないのよね。もっと言えば、ウイルスの変化速度は驚異的で、数時間で人の数千年分もの変化を起こすとも言われている。そのウイルスでさえウイルスという枠組みから抜け出して、多細胞生物どころか単細胞生物にさえなることができないでいるのよ」

「なるほど、そうなのかもしれません」

シンプリンについての理解が深まると、頭に疑問が浮かんだ。

「それにしても、いったい誰が何のためにシンプリンを盗み出したのでしょうね？」

最上は細い腕を胸の前で組んで、うーんとうなったが、何も出てこなかった。

「わからないなぁ」

「シンプリンには実用的な使い道がありますか？」

「うーん。ない、ないと思う。科学者の知的好奇心を満たすためというか、単なる自己満足というかね。シンプリン・バージョン2.0も同じ。発明したことに価値があるわけで、現物にはそんなに価値はないと思うなぁ。だから、犯人はシンプリンの重要な価値のわかる、相当のマニアとかじゃないかな」

「榊原教授に直接聞いてみたほうがよさそうですね」

祐一は最上の表情をうかがった。榊原教授に会うことに戸惑いがないはずがない。今回の事件の捜査は最上には酷になるのではないかと心配した。

「そうだね。祐一君、心配しないで。わたしなら大丈夫だから。わたしを一緒に連れて行ってちょうだい」

祐一は最上の気丈さにほっとさせられた。

最上は相変わらず飛行の原理がよくわかっていない飛行機に乗ることはできず、明日朝九時四十分発のフェリーで東京へ向かうというので、祐一はひとまず先に飛行機で戻ることにした。

「シンプリンだって？　科学者っていうのは何だって生命をつくろうなんて考えるんだろうな」

5

翌々日、榊原茂吉のいるライデン製薬のある汐留《しおどめ》に向かう道すがら、長谷部が運転しながら、そんな疑問を投げてきた。

「なぜ人は生命をつくろうとするのか。さあ、どうしてでしょうね」

バックミラーに目をやると、最上博士が後部座席でポテトチップスを食べ散らかしながら、話の行く先を面白がって聞いている姿が見えた。最上に言わせてみれば、人間の飽くなき好奇心こそが、人をして人に生命をつくらせるということになるのだろうが。

後ろから最上の明るい声が言った。

「そうだね。人間の好奇心という赤ん坊は後先考えずに行動してしまった場合、その責任を取ることはできないんだからね。これからはその赤ん坊をちゃんとした責任を負える大人に育てる必要があると思うよ」

長谷部がうんうんとめずらしく最上の意見に同意している。

「科学者はちゃんと責任を持たないとな。何のために生命を生み出すのか、ちゃんと考えてもらわないと。すべての生き物にはちゃんと親がいて、その親にも親がいて、連綿と過去にさかのぼっていけるわけだろう。ある日突然、親もなく生まれてくる生き物なんてこの世にはいないんだからさ」

「うん、親がいない生物なんてかわいそうだよ。地球上のすべての生物は、分裂を含む生殖によって、親から直接ゲノムを引き継いで生まれるんだもん。でも、シンプリンは、ゲノムを授けてくれた親がいない。進化の長い系統樹から外れた異質の存在になっちゃってるんだ」

「そんな親のいない最初の生命体には何か禍々《まがまが》しいものを感じるよな」

長谷部のその言葉が祐一の胸に黒く沁みるようにして残った。

生殖によって生まれたわけではないクローンにオリジナルはいれども、いわゆる親はいない。

亜美は禍々しい存在だったのだろうか？

この世に存在してはいけない生命だったのだろうか？

ライデン製薬は全面ガラス張りの威容を誇る近代的なビルだった。床に白大理石を敷き詰めた広大なロビーで待っていると、きっちりとスーツを着こなした弁護士のような風貌の男が現れた。

男は礼儀正しく頭を下げると、懐から名刺を取り出した。左手の手首にアップルウォッチのような不思議な形状をした腕時計を巻いているのが目に留まった。

「榊原茂吉先生の秘書をしております、市川拓也と申します」

祐一は名刺を交換して、自己紹介および長谷部と最上を紹介した。

「榊原教授はどちらですか？」

祐一が尋ねると、市川は申し訳なさそうな顔をした。

「それが、いま先生は海外に出張中なんです」

最上は拍子抜けしたような顔をしていた。ここへやってくるには相当の覚悟が必要だったに違いない。友人の仇《かたき》を取るほどの心意気だったのではないか。それが、本人が事情により来られないとは。

「先生からお話は聞いていますし、今後もわたしが窓口になって対処いたしますので、どうぞよろしくお願いいたします」

「ずいぶんお高くとまっているじゃないか、偉そうにな」

長谷部が小声でつぶやいた。

祐一も本人ではなく残念だったが、さっそく本題に入ることにした。

「御社で保管されていたサンプルが盗まれたということですが、保管していた場所を見せていただけますか？」

「こちらです」

市川は先に歩き出して、エレベーターに乗り込んだ。そのエレベーターはケージからシャフトまですべてがガラス張りになっている。ライデン製薬には高所恐怖症の社員はいないのだろうか。

祐一は落ち着かない思いを誤魔化《ごまか》すために話し続けた。

「御社のセキュリティは厳重そうですね」

「もちろん、最新鋭のセキュリティになっていますよ」

「ならば、犯人はどうやってセキュリティを突破したんでしょう？」

市川は顔を赤らめて、首から下げている社員証に触れた。

「それは原始的な手段です。恥ずかしながら、わたしの社員証を盗んで使用したようです。所用で外へ出たときに、紐を切られて盗まれたんです」

ドアが開き、市川を先頭にして、白く長い廊下を歩いた。左右にいくつか部屋が並んでいる。市川はそのうちの一つのドアを開いた。部屋に入った途端、気温がずいぶんと下がった気がした。銀色の冷蔵庫らしきものがずらりと並んでいる。保管室のようだ。

市川が手前の冷蔵庫を開きながら、深刻さのにじむ声で言った。

「盗まれたのは、先生がもっとも大事にされている人工生命体、シンプリンの入ったサンプルチューブ四本です。その中には、先生が放射線照射によって雌雄を持つように進化させたシンプリン・バージョン2.0も入っていました」

祐一はがらんとした冷蔵庫の中を見つめながら尋ねた。

「いつごろなくなったんですか？」

「先生は十月十八日から十九日にかけてだとおっしゃっていましたが、わたしの盗まれたカードの記録からすると、十八日の午後三時三十分から四時二十五分の間であることがわかっています」

「なるほど。盗んだ犯人に心当たりはありますか？」

市川はゆっくりとかぶりを振った。

「先生曰く、さっぱり心当たりはないそうです」

念のため、最上にも聞いた質問をしてみる。

「シンプリンですが、実用面で何か使用できることはありますか？」

「いえ、ないと思います」

長谷部が横から口を突っ込んだ。

「実用面で使えないんだったら、どうして人工生命体なんてつくったんです？」

聞かなくてもいい質問である。長谷部の個人的な思想から発せられたものだ。長谷部は最先端科学に不信感を抱いている。

それが伝わったのだろう、市川は長谷部を胡乱《うろん》な目で見つめた。

「実際的には役に立たない研究を基礎研究と言いますが、だからといって基礎研究はいらないという論理にはなりません。基礎研究によって知識が積み重ねられるからこそ、役に立つ応用研究にも生かされていくということがたくさんあるんですよ」

シンプリンは基礎研究の一環かもしれないが、それ以上に、ランバード博士と榊原教授による、ノーベル賞を手に入れたいという名誉欲によって行われた研究であることは間違いない。

考えるほど、誰が何のためにサンプルを持ち出したのかがわからなくなった。何者かが最上博士の研究データを盗み出したときとはまるで状況が異なるのだ。すでに論文にされて世界的な学術誌にも載った人工生命体を盗んでも、盗んだ人間はそこから価値を生み出せないと思うのだが。やはり最上博士が言っていたように、科学的な価値のわかるマニアックな人間の仕業だろうか。

祐一は市川に丁寧な口調で尋ねた。

「犯人が何の目的で盗んだのか、榊原教授に聞いてみることはできませんか？」

市川は一瞬迷った様子だったが、「わかりました」とうなずくと、不思議な形状をした腕時計を掲げた。

「いまから先生に聞いてみます」

腕時計は電話にでもなるのだろうかと祐一がぼんやりと考えている目の前で、市川が「先生、ＳＣＩＳの方々がお見えです」と時計のディスプレイに呼びかけると、数秒後、ディスプレイの上に砂嵐のような光が立ち上がり、たちまちそれは榊原教授の顔になっていった。縮れた総白髪、老いてなお鋭い眼光、垂れ下がった頰……。かつてはマスメディアでよく見かけた榊原茂吉の顔だった。

あまりにリアルな榊原教授の顔だったので、長谷部がぎょっとして後ずさったほどだ。

最上はその仕掛けに気づいたようで、少し離れたところでじっと動かなかった。

「驚かせてすみません。先生のホログラムです」

市川が説明した。

ホログラムの榊原教授の顔が口を開いた。

「やあ、諸君。初めてだね。最上博士も一緒かな？」

最上は少し距離を保ったまま小さく頭を下げた。

「ご無沙汰してます、榊原教授……」

最上は言葉を詰まらせながらも、なんとかそう応じた。

榊原のホログラムは無表情だった。

「わたしの息子がきみたちのお世話になったと聞いているが、あれは虚言癖があったので、どうか鵜呑《うの》みにしないでいただきたい」

最上はそんな嘘は信じないとばかりに榊原をにらみつけた。榊原のほうからはこちらを見ることはできないようで、まっすぐ前を向いたまま表情を変えない。

榊原吉郎も気の毒である。吉郎は、ボディハッカー・ジャパン協会の工作員、おそらくは沢田克也の手によって、放射性物質入りのネックレスを渡されたことで死亡したのだ。最上博士も祐一も、息子の犯行の裏には榊原教授がいたはずだと信じて疑っていない。

榊原の口元が動いた。

「さて、盗難の件で質問があるのなら、わたしが答えよう」

「犯人は何の目的でシンプリンを盗んだと思われますか？　金銭的価値のあるものではないと思われますが」

「確かにシンプリン自体に金銭的価値はない。作製方法も論文の中で明かしているし、いまさらシンプリンを盗み出す必要はないだろう。しかし、実際に盗まれている。犯人の動機まではわかりかねるが、それこそ歴史的に価値のあるものだから、マニアックな人間がコレクションにしたいと盗んだ可能性も考えられるんじゃないのかね？」

榊原も最上と同じことを言った。つまらない答えだと祐一は思ったが、口先ではこう応じておいた。

「なるほど。それはあり得ますね」

「わたしからも質問があります」

最上が意を決したようにして口を開いた。いまこのときばかりは事件のほうに集中しようと思ったようだ。

榊原がわずかに緊張したように見えた。最上の優秀さを十分にわかっているからだろう。鋭い質問が来るのではないかと身構えたのだ。

「何かね？」

「教授が作製したシンプリンの追試は世界中の実験室で行われ、シンプリンが再現されているけれど、雌雄を持ったシンプリン・バージョン2.0の追試が成功したという報告をまだ聞いていません。あれはどうしてですか？」

教授は不興気《ふきようげ》に鼻を鳴らした。

「何の質問かと思えば、事件とは関係のない質問だな。まあ、よろしい。答えてあげよう。ランバード博士とわたしはシンプリンに放射線を浴びせることで雌雄を持つように進化させたのだ。何が起きたかといえば、突然変異が起きて雌雄を持つようになったのだね。

当然のことながら、突然変異で何が起きるかということまでは人間が操ることはできない。わたしたちは幸運だったんだよ。研究者たちが追試を行ってもそう簡単には再現できるものではないと思っているが、まあ、何度も試行を繰り返していけば、やがては誰かがわれわれと同じように雌雄を持つシンプリンを生み出すことに成功するだろうと考えている」

「でも、追試が成功しないと、ノーベル賞は受賞できないかもしれないよ。科学は、追試による再現性をとっても重視しているからね」

「そんなことはノーベル委員会が決めることだ。おまえに言われる筋合いはない」

榊原と最上の間に険悪な雰囲気が立ち込めてしまった。最上を助けようとでも思ったのか、長谷部が割って入るように口を開いた。

「あの、素人による素朴な疑問なんですが……、われわれ人間に、この世に存在しなかった新たな生命を生み出す、そんな権利があるんですかね？」

榊原は長谷部に冷ややかな視線を向けた。

「わたしには、新しい生命を生み出すだけの知性がある。したがって、もちろんその権利があるのだ。いもしない神を畏れることはない。従うべきは社会の基準だけだ。その基準も時代に合わせて変えていかなければならないがね」

それだけ言うと、榊原のホログラムはバラバラに砕け散り、ぐるぐると旋回する砂嵐になり、時計のディスプレイに吸い込まれるようにして消えてしまった。

6

警視庁にある捜査本部に帰還すると、最上が祐一と長谷部にたい焼きと緑茶を振る舞った。

長谷部がたい焼きをおいしそうに食べながら言った。

「最後におれがした質問の榊原の答え、聞いただろ？　科学者は不遜《ふそん》だよ。自分を神のように思ってるんじゃないか」

「そこ、科学者って一般化するのやめてね。榊原教授が不遜なだけだからね」

最上がやんわりと指摘した。

祐一は、最上と榊原とのやり取りを思い出した。

「それより、シンプリン・バージョン2.0への進化の追試がいまだ成功していないという事実に驚かされました。ランバード博士と榊原教授は相当に運がよかったということですね」

「うーん、そういうことになるかもね」

「わたしは、最上博士がかつて発表されたＬＵＣＡウイルス仮説の話を持ち出すんじゃないかとひやひやしましたけどね」

「うん、わたしも、そうしようかと思ったけど、空気を読んでやめたの」

「最上博士も空気を読むんですね」

最上はむっとした顔で祐一をにらんだ。

「祐一君、言うね〜」

長谷部が意味がわからないというふうに口を挟んできた。

「その何とかウイルス仮説っていうのは何だ？」

「ＬＵＣＡの説明はしたよね。地球上の全生物の共通の祖先のことで、つまり、生命の樹の根っこに位置する生命、一番最初にこの世に誕生した生命のことだってね。ＬＵＣＡは最小のゲノムを持った単細胞生物だろうと想像できるから、榊原教授が最小ゲノムの人工生命体を作製したときは、それこそが地球で最初に誕生した生命にもっとも近いものだとされたんだ。でも、わたしは最初に誕生した生命はそんなんじゃないって思っているの」

「じゃあ、最初に誕生した生き物っていうのはどんなだったんだ？」

「わたしは、最初に地球に誕生した生命は、ウイルスなんじゃないかなって思っているの」

長谷部はびっくりしていた。

「おれたちの祖先がウイルス⁉　冗談だろう。まあ、単細胞生物って言われても冗談だろうって思うけど……。そういえば、前に人間のゲノムの三分の一がウイルス由来だとか言っていたよな」

「ちゃんと覚えていて偉いね、ハッセー」

「お、おう。……ていうか、そもそもウイルスが生物かどうかもわからないとも言っていたぞ」

長谷部はかつて最上が説明したことをよく覚えていた。

「そう。ウイルスには通常の生物の細胞内には存在するリボソームっていう器官がないのね。リボソームっていうのはあらゆる生物の細胞内に存在していて、生体活動に欠かせないたんぱく質を合成するものなの。リボソームがなければ、たんぱく質をつくることができず、自己複製することができないからね。だから、ウイルスを生物ではないって言う学者が多いのね。

でも、近年になって巨大ウイルスと呼ばれる細菌並みに大きなウイルスが多数見つかるようになってきて、いままでのウイルスの概念が変わりつつあるのね。その巨大ウイルスの中には、リボソームを形成する遺伝子のいくつかを持っているものもあるの」

「は、はあ……」

もはや長谷部は話についていけなくなっているようだった。

そんなことはお構いなしに、最上の説明は続いた。

「将来的にウイルスがリボソームを獲得したら、たんぱく質をつくれるようになるから、自己複製できるようになるかもしれないの。いや、ひょっとしたら、地球のどこかにはリボソームを持ったウイルスがすでに存在しているかもしれない。それこそが、全生命の共通の祖先であるLUCAかもしれない。わたしはそんなふうに思っているんだ。これがLUCAウイルス仮説なの」

長谷部の代わりに祐一が応じた。

「ウイルスがLUCAということになれば、榊原が生み出した最小のゲノム、シンプリンはLUCAとはまるで関係のないもの、ということになります。榊原にとってそれは都合の悪いことでしょう」

　最上が頭をぽりぽりと掻いた。

「それもあるけど、わたしってば、ちょうどそのころに、生物はウイルスによってのみ進化するというウイルス進化論に関する新しい論文を書いたのね。それって、せっかく榊原教授たちがシンプリンを放射線照射によって雌雄を持つシンプリン・バージョン2.0に進化させたのに、その偉大な功績に水を差すようなものだから」

　ウイルスの中には宿主の細胞に感染した際、ウイルスが持っている遺伝子の一部をその細胞の核に組み込むものがある。つまり、ウイルスに感染すると、宿主の遺伝子が少し書き換えられるのだ。それが環境への適応力を増す変化であった場合、その変化は進化と呼ばれる。それがウイルス進化論である。

　祐一は尋ねた。

「結局のところ、生物の進化とは、偶然による突然変異で起こるんですか、それとも、ウイルスによる感染で起こるんですか？」

「わたしは、進化とはウイルス感染で起きているんじゃないかって、そう思っているの」

それがもしも事実だとしたら、たいへんなことだ。オリバー・ランバード博士も榊原茂吉教授もノーベル賞を取れなくなってしまう。とはいえ、本来ならば長大な時間がかかる進化を証明することなど誰もできないのではないか。それこそ神でもなければ。祐一は密かにそう思っていた。

7

午後七時半、祐一は町田にある自宅マンションに戻った。一階下にある母聡子の部屋を訪ねると、台所のほうから娘の星来が駆けてきた。

「パパ、お帰り～」

「ただいまー、星来」

祐一は星来を抱き上げると、リビングへ向かった。

「お帰り、祐一」

母がキッチンから出てきて、テーブルに料理を並べているところだった。とんかつとキャベツの千切り、シジミの味噌汁だった。祐一が大好きな組み合わせの料理の一つだ。

一品見慣れない料理の皿があった。スクランブルエッグのようだ。

母が微笑みながら言った。

「これね、星来ちゃんがお料理したのよ」

「へえ。星来は料理ができるようになったのか」

祐一は感心して星来を見つめた。

星来は照れ臭そうだった。

「パパのためにつくったの。早く食べて」

「わかったわかった」

祐一は席に着くと、「いただきます」と、最初に星来のつくったスクランブルエッグを食べた。味付けが妙だったが、うれしさのほうが勝った。

「おいしい！　こんなおいしいスクランブルエッグは食べたことがない」

星来は満足そうだった。

妻の亜美はいないけれど、祐一はいま幸せだった。この幸せがいつかまた壊れるのではないかと恐れるほど幸せを感じていた。

亜美は何者かと遺伝子を同一にするクローンであり、亜美には両親というものが存在しない。ただ同一のゲノムを持つ一人のオリジナルが存在するだけだ。

長谷部が言っていた言葉が脳裏に浮かんだ。

――親のいない最初の生命体には何か禍々しいものを感じるよな。

祐一と何者かのクローンである亜美との間にもうけられた星来とはいかなる存在なのだろうか？

自然の力では絶対に生まれなかった亜美との間に生まれた星来は禍々しい存在だというのか？

「どうしたの、祐一」

母の声がした。穏やかな眼差しで祐一を見つめていた。

「お母さん、ぼくは幸せですよ」

「それはよかったわね。わたしも幸せよ。星来ちゃんも幸せよね」

「うん、幸せ」

「星来は幸せの意味がわかるのかな？」

「わかるよー」

星来が微笑むと、三人で笑い合った。

どんな方法であれ、生まれてきた生命に禍々しさなどあるまい。
生命は、ただ生きているというだけで輝かしい存在であるはずだろう。

8

翌日の朝八時半、警視庁にある捜査本部の会議室には、めずらしい人物が顔を出していた。島崎課長である。玉置と森生は初めて目にするはずだ。二人とも警察庁のキャリアを前に、いつになく緊張した様子で直立していた。

「初めまして……かな？　警察庁の島崎だ。きみたちもすでに知っているように、奥田玲音巡査が休職することになった。わたしは気にすることなんてないと思うんだが、本人はいろいろ思うところがあったんだろう。まあ、人員不足なのはわかっているので、早いうちにＳＣＩＳに新しい捜査員を補充するつもりだから、それまではどうか耐えてもらいたい。わたしからは以上だ」

島崎はそれだけ言うと、会議があるからと帰っていってしまった。

「いやー、久々に緊張したっす。キャリアさんは着ているスーツからして違いますね」

「心臓に悪いですよー。変な汗いっぱい掻いちゃいました……」

「それいつもだろ……」

玉置と森生は軽口を叩き合うと、それぞれどっと腰を下ろした。

長谷部がネクタイを緩め、玉置に向かってうなずいた。

「それじゃ、さっそく報告を始めてくれるか」

「了解っす。研究棟の出入り口に設置された防犯カメラの映像を二人で手分けして見てみたんすけどね。シンプリンが盗まれたのが、十月十八日の午後三時三十分から四時二十五分の間ということでしたけど、その時間帯ってちょうど出入りする研究者やら社員やらの数が多すぎて、正直、不審な人物を見つけ出すことができなかったんですよ」

「はあ……。まさか報告はそれだけじゃないだろうな」

「いや、しょうがないですよ。おれたちが無能なわけじゃないっす。不審な人物がみんな黒のキャップにサングラスをして、風呂敷を背負ってたりとかしてないですからね」

「そんな昭和初期の泥棒のイメージじゃなくとも、不自然に顔を防犯カメラからそむけているとか、キャップを目深にかぶっているとか、不審に感じる人物はいなかったのか?」

祐一は口を開いた。

「三時三十分から四時二十五分の間に、防犯カメラに映った人物を一人ずつ洗い出していくしかないでしょう」

玉置と森生が同時に重たげなため息を吐いた。それでなくとも、人手が足りないというのに、二人で何とかなる作業量ではないのだろう。

「たったそれだけの時間にも百人近くの往来がありましたよ。二人じゃ無理っすね。なあ、森生？」

森生はすぐには答えずに、玉置に曰くありげな視線を向けた。

「どうした、森生？」

「いや、そういえばなんですけど……、ちょうど四時ごろ、ボディハッカー・ジャパン協会のカーンさんが来ましたよ」

「カーンが？」

長谷部が驚いた声を出した。

玉置がじろりと森生をにらんだ。

「なぜそういう重要なことをおれに言わない？」

「えっ、カーンって不審な人物じゃないじゃないですか」

「はあ……」

長谷部は困惑した様子で自問した。

「何だってカーンが自らライデン製薬に赴くんだ？　それでなくとも、黒い噂が立つっていうのに……」

祐一は森生に言った。

「その映像を見せてくれますか？」

森生はノートパソコンを祐一の目の前に持ってくると、画面に映し出された一人の人物を指差した。スキンヘッドに彫りの深い顔立ちの男がスーツを着て、入り口から入っていくところだった。祐一が会うときにはカーンはいつも作務衣《さむえ》を着ていたので、がらりと雰囲気が違って見えたが、まぎれもなくカール・カーンである。

最上が横から首を突っ込んできた。じっと見つめてから首をひねった。

「ねえねえ、これはカーンさんじゃないよ。だってさ、ここ見てみて」

最上が指を差すところを注視すると、言わんとすることが何かわかった。

「本当だ。この人物は義肢じゃない」

長谷部が驚きをあらわにしていた。

「となると、こいつもまたカーンと同じクローンだっていうのか?」

祐一は画面を見ながらうなずいた。

「そのようですね。カール・カーンは何者かのクローンで、そのクローンはカーン以外にも複数いるようですから」

長谷部は画面の男を見つめながら苦々しく言った。

「黛美羽の殺害と須藤朱莉の殺害未遂は、そのクローンたちの仕業のようだしな」

祐一は画面から視線を外すと、いままで長谷部たちには言っていなかった考えを話すことにした。

「カーンたちクローンですが……、彼らは榊原茂吉のクローンだと思われます。いまから三十四年ほど前、クローンの技術がまだ未熟だったころ、もっとも高度な技術を要求される人間のクローン作製を行える科学者は世界に何人もいなかったでしょう。榊原茂吉以外には考えられません」

長谷部は、そうかもしれないとうなずきながらも困惑気味だった。

「でもさ、カール・カーンの人相と榊原茂吉の人相って、違いがありすぎないか?」

祐一も首をかしげるしかない。年齢が違うとはいえ、両者の顔は違いすぎているようにも思えた。

「それをいまから確かめてみようか」

最上が自分のスマホを取り出して一同に見せてきた。

「これ見て。わたしが作成したアプリで経年人相画技術《エイジ・プログレッション》っていうんだけどね、一枚の写真があれば、その人物の十年、二十年、三十年と先まで予想して、年齢を重ねた顔をかなり正確に予想できるの」

最上はカール・カーンの写真を呼び出すと、エイジ・プログレッション技術によって、榊原茂吉の現在の年齢である六十五歳の予想をシミュレートした。

長谷部が驚きの声を上げた。

「榊原教授にそっくりじゃないか!」

祐一は最上が作成したアプリに感心した。

「よく出来たアプリですね」

「わたしがつくったんだもん。そりゃ、よく出来ちゃうよね。ふふ」

最上が自慢げに笑う。

祐一はいま直面している問題をあらためて考えてみた。

「おかしな話です。榊原茂吉が大事にしている研究のサンプルを、なぜそのクローンが盗み出したんでしょうか？」

「確かに、そう言われればそうだな」

長谷部が祐一の続きを促すように視線を向けてきた。

「これまでの経緯からして、クローンはみなボディハッカー・ジャパン協会のメンバーのようでした。同協会がクローンを管理しているものと見て間違いないと思います。榊原茂吉と同協会にはつながりがあると思われてきましたが、クローンが榊原のものとなれば、そのつながりは思った以上に強いでしょう。しかし、であればなぜ、ボディハッカー・ジャパン協会のクローンが榊原茂吉の研究サンプルを盗み出したのか、説明がつきません」

祐一はパソコンの画面にはっきりと映ったカーン似の男を見つめた。

榊原茂吉からＳＣＩＳに捜査依頼があったという本事案には、何か裏があるような気がしていたが、その直感はどうやら正しかったように感じられてならなかった。

「とにかく、カーンにこの男の身元を確かめてもらいましょう」

9

祐一と長谷部と最上の三人は、六本木《ろっぽんぎ》にあるボディハッカー・ジャパン協会本部へ向かった。ビルの外壁は磨き上げられた鏡になっており、近未来の建物のように輝いている。一般には知られていない、近未来の科学技術に通じる協会の本部にふさわしい外観である。

受付で来意を告げ、一階のロビーで待っていると、カール・カーンが女性スタッフを従えて姿を現した。相変わらず霞《かすみ》色の作務衣姿で、銀色の四肢をさらしている。スキンヘッドに山羊鬚《やぎひげ》を蓄え、さながらカリスマ教祖のような風貌である。

「みなさん、ごきげんよう。お元気ですか？」

朗らかな笑みを浮かべ、カーンは泰然《たいぜん》とした様子だった。

祐一は口を開いた。

「今日もまた、おうかがいしたいことがあって参りました」

「そうでしょうね。また事件が起こったのでしょう」

祐一は単刀直入に切り出した。

「古都大学名誉教授の榊原茂吉さんがライデン製薬に保管していた研究サンプルが盗まれましてね。ご存じでしょうか、シンプリンという人工生命体なんですが」

「ええ、シンプリンのことはよく存じています。イギリスのオリバー・ランバード博士と榊原教授が共同で作製した世界最小のゲノムを持った人工生命体のことですね」

「そうです。一週間ほど前、そのシンプリンと、それを進化させた雌雄を持つシンプリン・バージョン2.0が何者かに盗まれたんです」

祐一はノートパソコンを操作して、十月十八日に研究棟の出入り口から入っていく件《くだん》の男の画像をカーンに見せた。

「こちらの男性なんですが、とてもあなたに似ていると思いませんか?」

カーンは画面をちらりと見てから、祐一のほうに笑いを向けた。

「確かに、よく似ていますね」

祐一は、黛美羽を車で轢《ひ》き殺し、須藤朱莉に放射性物質入りのネックレスを渡して殺害しようとしたと自供した男、会田崇の画像もまた並べて見せた。

「こちらは、わたしの妻によく似たクローン二名を殺害および殺害未遂したと告白した、会田崇と名乗る人物の画像です。会田崇も極めてあなたによく似ています。会田は出頭してきたのですが、その話は要領を得ず、おそらく誰かの身代わり、黒幕によって身代わりになるよう命じられて出頭したのではないかと考えています」

カーンは頭が混乱したというように片手を前に突き出した。

「ちょっと待ってください。わたしはあなたの話についていけていないんですが……」

「混乱するようなことではありませんよ。実にシンプルなことです。つまりは、この世界にはあなたにそっくりな人物が何人もいるということです。他人の空似《そらに》ではなく、みんなクローンですがね」

カーンは苦笑いを浮かべた。

「前にもそんなことを言っていましたが、そんな馬鹿げたことはあり得ませんよ」

祐一はカーンの目を見て続けた。

「馬鹿げた芝居をしているのはあなたのほうでは、カーンさん？　実は、会田崇は明らかな嘘をついていることがわかっています。というのも、須藤朱莉さんは一時は危篤状態で危ないところでしたが、一命を取り留め、いまは快方に向かっています。先日話を聞くことができましたが、非常に興味深いことを言っていましてね。

朱莉さんは、沢田克也というあなたの弟を名乗る人物からボディハッカー・ジャパン協会のネックレスを渡されたと言うんです。そのネックレスには放射性物質が仕込まれていました。朱莉さんによれば、沢田克也もあなたに少し似ているということです。ちなみに、会田崇と沢田克也はまったくの別人であることがわかっています」

カーンはすぐには言葉を発することができなかった。話に混乱しているふうを装っているが、その内実は、重体だった須藤朱莉が快方に向かい、話ができるまでに回復していることをまずいと思っているのかもしれない。

「沢田克也はあなたの協会の汚れ仕事を請け負っているのでしょう。榊原茂吉の息子、吉郎に放射性物質入りのネックレスを渡したのも沢田だと考えています。

覚えていらっしゃるでしょうが、かつてボディハッカー・ジャパン協会のメンバーで、頭部にマイクロチップをインプラントした人たちが相次いで死亡する事案が起きましたね。犯行の動機はライデン製薬とボディハッカー・ジャパン協会の間で行われていた人体実験の告発だったんですが、その犯人もまた何者かによって殺害されたと思われます。

またもう一つ、帝都大学付属病院で行われていた、ナノボット・デリバリーシステムで治療中の患者が相次いで死亡した事案でも、犯人が何者かによって口封じのために殺された可能性があります。それらもまた、わたしは沢田克也の仕業ではないかと考えているんです」

カーンはゆっくりとかぶりを振った。祐一にはわずかにカーンのカリスマ性がかすんだように感じられた。

「沢田克也という男はわたしの弟を勝手に名乗っているようですが、わたしはその沢田克也なる人物を存じ上げません。会田崇という人物も同様です。前にもお話ししましたが、当協会のメンバーはいまや千人を超えようとしています。ほとんどのメンバーをわたしは存じ上げないのです」

「そういうことにしておきましょうか。あなたにはぜひとも協力していただきたいんです。沢田克也という人物と十月十八日にライデン製薬に侵入したこちらの人物がボディハッカー・ジャパン協会に所属しているかどうか、確認していただけませんか？」

カーンは即座にうなずいた。

「いいでしょう。幹部らに沢田克也のことは聞いてみます。侵入者のほうは顔写真を見せますので、画像をわたしの端末に送信してください。時間がかかるかもしれませんが、わたしに似ているという二人が何者か突き止めて差し上げましょう」

翌々日、カール・カーンから祐一のLINEにメッセージが届き、ライデン製薬にある榊原茂吉の研究室に侵入した男は、ボディハッカー・ジャパン協会のメンバー、矢口《やぐち》健彦《たけひこ》に違いないとの回答があった。協会のメンバー登録書類に記された住所は杉並区阿《あ》佐谷南《さがやみなみ》で、コンビニのアルバイト店員だという。

一方、沢田克也のほうは協会に所属していないということだった。こちらのほうはあくまでも知らないと白《しら》を切るつもりらしい。

「カーンのすっとぼけ野郎め……。何としてもあいつの両手に手錠をかけてやりたいんだがな」

長谷部は激怒して地団駄《じだんだ》を踏んだ。祐一も怒りを感じつつも、矢口健彦のほうは意外にあっさり教えてきたことを奇異に感じていた。

「汚れ役の沢田克也は表に出てこずに、裏に隠れているんでしょう。わたしが心配なのは、須藤朱莉さんです。沢田克也がいつ口封じにやってくるかわかりません」

「病院のほうは警察で厳重に警護しているってよ。沢田が現れようものなら、即刻逮捕されるだろうよ」

「沢田を捕まえるには向こうから現れるのを待つのが得策でしょう。まず、矢口健彦のほうを調べましょうか」

祐一と最上、長谷部はさっそく矢口の自宅へ向かうことにした。

車を運転しながら、長谷部が疑わしそうな口調で言った。

「どう考えてもおかしい。コンビニのアルバイト店員が、榊原茂吉の研究サンプルを欲しがる動機がないだろう」

祐一もそれについては同感だった。

「誰かの指示で動いたとしか思えません。背後にボディハッカー・ジャパン協会がいることは間違いないでしょう。カーンはおそらく否定するでしょうけどもね」

矢口の自宅は阿佐谷南の青梅《おうめ》街道沿いにあった。三階建てのアパートの一室、二〇三号室ということだった。目的地周辺までやってくると、消防車とパトカーが路上に数珠《じゅず》つなぎになって駐められていた。近くで火事があったようだった。いや、目的地に近づくにつれて、矢口健彦のアパートが燃えたのだとわかった。火は消し止められ、煙も上がっていなかった。現場には黒焦げで水浸しになった柱と梁《はり》だけが残っていた。敷地のまわりには規制線が張られ、濃紺のジャンパーを着た鑑識課員が採取作業を行っていた。

路傍に車を駐め、一同は外に出た。長谷部が近くにいた若い制服警官に身分証を見せてから声をかけた。

「何があったんだ？」

「今朝方、火事がありました。つい先ほど鎮火したばかりで、一名遺体で見つかっています」

「身元は？」

「まだこれからです」

長谷部が現場主任の巡査長をつかまえて、さらに詳しく情報を聞き出したところ、死亡したのはどうやら二〇三号室の住人らしいことがわかった。矢口健彦だ。死因などはこれから検死でわかるという。

祐一たちはベランダ側から、二〇三号室だった焼け焦げた部屋の跡をながめた。手すりの向こうにある部屋は跡形もなく消失していた。

祐一の口から重いため息がこぼれた。

「口封じのために殺された可能性が高いですね」

沢田克也だろうか。カール・カーンの高笑いする声が聞こえるような気がして、祐一は強い憤りが腹の底から湧き上がるのを感じた。

長谷部もまた重苦しい声を出して応じた。

「ああ。盗んだサンプルも燃えて灰になっちまったな」

歯ぎしりをして続ける。

「カーンのやつめ……」

最上博士のほうをうかがうと、死者に黙禱《もくとう》をささげるかのように、沈鬱《ちんうつ》な表情をして黙ったままでいた。

10

「被疑者死亡かぁ。後味の悪い解決だな。それも自殺なんだって?」

島崎はカップをつまむと、そんなことを言いながらコーヒーを一口啜った。

対面の席で祐一はうなずいた。

「自室に灯油をまいたようです。巻き添えで死者が出なかったのは不幸中の幸いでしょう」

「まあ仕方ない、死んでしまったものは。で、ライデン製薬の防犯カメラに映っていたのは矢口健彦だと？」

「研究棟の保管室から採取された指紋と矢口の燃えたアパートのバスルームからかろうじて採取された指紋が、九九パーセント以上の確率で一致しました」

「物的証拠もありか。じゃあ、立件はできそうだな。ご苦労ご苦労」

島崎は嬉しそうに頬を緩めた。島崎の中では事件は解決しているようだ。

「で、どうだった、榊原は？」

祐一はその名を聞いて憤然とした。

「どうもこうもありません。海外に出張中とやらで、会うことはできませんでした。ホログラムでは会ったというか、見はしましたが」

「ホログラム……」

島崎は意味がわからないようできょとんとした。

祐一の中では事件はまだ終わってはいなかった。

「わたしは矢口が自殺したとは思っていません。何者かに自殺を偽装して殺されたと考えています」

「出たよ、またか。おまえの妄想に近い自殺偽装殺人容疑。どうせまたカール・カーン
に似たクローンの仕業だというんだろう？」

「沢田克也です」

「だから、証拠を出せって言っているんだ、証拠を」

「いまSCISの面々に周辺の防犯カメラの映像を解析してもらっています。何か出たら
らお知らせします」

祐一はそこで島崎の目をまっすぐに見据えて続けた。

「この事件には何か裏があるはずなんです。榊原がどうして敵対するSCISに盗難の捜査を依頼してきたのか。被疑者と思しき男が見つかったと思ったら、捕まえる寸前にタイミングよく死んでしまった……。消されたとしか思えません」

島崎は祐一の熱量にやられたというように、疲れたような息をついた。

「で、最上博士は何と言っているんだ？」

「これから聞いてきます」

そう答えて、祐一は席を立った。

最上は思考の沼に深く沈んでいるかのようだった。うんともすんとも言わずに、ただじっとうつむいていた。

祐一としては、最上の意識が水面まで浮上してくるのを待つ以外にほかなかった。

祐一はこの事案には当初から不可解な思いを感じていた。何か裏があるのではないかと勘繰《かんぐ》っていたのだ。

おそらく、カール・カーンが矢口健彦に命じて、榊原茂吉のライデン製薬の研究室からシンプリンとバージョン2.0を盗み出すべく命令を下したのだろう。そしてまたおそらく、カール・カーンは沢田克也に命じて、矢口健彦の自宅に火を付けさせ、矢口健彦の口封じおよびシンプリンのサンプルを燃やしてしまうように命じたのだろう。

この一連の流れの命令に、いったいどんな意味があるのか？

わざわざ盗み出したものをなぜ燃やして、なきものにしてしまったのか。

ふと奇妙な考えが祐一の頭に浮かんだ。

榊原茂吉がカーンに命令を下したのではないか？

何のために？

自分の最大の研究成果であるシンプリンをなきものにするために……。

祐一は自分なりの考えを二人に聞いてもらうことにした。

「榊原教授はシンプリンを破棄するために、カーンに依頼して手下に盗み出させたんじゃないでしょうか？」

「うん、わたしもそう思う」

驚くことに、そして心強いことに、最上もまた同じ結論に至っていたようだった。長谷部は二人が出した結論に困惑していた。

「どうしてそんな手の込んだことをしなくちゃならないんだ？」

祐一は答えた。

「シンプリンに問題があったからでしょう」

最上もうなずいている。

「だから、榊原教授は自分の手で自分の最高傑作のシンプリンを破棄することができなかったんだよ。特にバージョン2.0のほうだと思うけど……」

祐一は最上をちらりと見た。

「最上博士はわたしの想像よりも先を行っていますね。バージョン2.0のほうには何が隠されているんです？」

最上は切羽詰まったような表情をしていた。

「そんなことよりも祐一君、榊原教授はね、日本の研究者の数人にシンプリンとバージョン2.0も追試用に分け与えているのね。その人たちの身に何かが起こっていないかのほうが心配だよ。その人たちは追試の際に、隠されていた秘密を暴いてしまったかもしれないんだからね」

最上は昔の人脈を駆使して方々に電話をかけ、榊原が帝都大学と古都大学、そして、東京科学大学の三校の研究者にシンプリンとバージョン2.0を分け与えていたことをつかんだ。最上は一人ひとり電話をかけて、生存の確認とバージョン2.0の追試実験が成功したかどうかを聞いていった。

帝都大学の水原勝一《みずはらかついち》教授はこう言った。

「われわれもシンプリンをランバード博士と榊原教授がやられたように放射線照射を行ったり、化学物質によって刺激を与えたりしているんですがね、有害な突然変異ばかりが起こり、いまだ雌雄を持つバージョン2.0にさせるには至っていないんですよ。お二人には神の幸運があったんでしょうな」

最上が尋ねた。

「バージョン2.0のサンプルは手元にありますか？」

「いや、それが、先日、榊原先生から連絡があって、バージョン2.0のほうは汚染されている危険性があるので、至急ライデン製薬のほうにご返却願いたいということで、これからお返しするところなんですよ」

「榊原教授から連絡があったのはいつ？」

「さて、十月の十六日だったでしょうかね」

古都大学の教授に連絡を入れると、その教授はバージョン2.0をすでにライデン製薬に送り返していた。

三番目に電話をかけた東京科学大学の武田康太准教授とは連絡が取れず、大学の事務局に聞いてみると、武田准教授は交通事故に遭い、帰らぬ人となったということだった。

「武田准教授が亡くなったのはいつですか？」

祐一が尋ねると、事務局員が答えた。

「ええっと、十月十五日の夜でした」

祐一と長谷部と最上は互いに視線を見合わせた。三人の目には恐れと疑念の色が混じっていた。

「消されたな」

長谷部が最初に口を開いた。

祐一はうなずいた。

「十月十五日の直前に、武田准教授はシンプリン・バージョン2.0に何か異変を見つけたのかもしれませんね」

「うん、そうだね」

「しかし、いったい何を発見したっていうんです？　それは人を殺してまで守る価値のあるものなんでしょうか？」

「ノーベル賞受賞を危うくする可能性があるものならば、榊原教授は何でもやると思うよ。シンプリン・バージョン2.0にいったい何があるんだろう」

最上は独り言を言いながら、もう一度、帝都大学の水原勝一教授に電話をかけ、返却前にシンプリンとバージョン2.0を観察させてくれないかと頼んだ。教授から承諾が得られたので、三人は帝都大学へと急いだ。

11

水原勝一教授は肥満体の大柄な男性だった。頭は完全に禿げ上がっており、陽気そうな笑みを浮かべていた。教授は二つのサンプルチューブを準備していた。シンプリンとシンプリン・バージョン2.0である。

「これはこれは、最上博士。シンプリンに何かご興味でも？」

水原教授と最上は旧知の間柄のようだった。

最上は、にこにこと微笑んだ。

「そうなの。水原教授はシンプリンとバージョン2.0、両方とも電子顕微鏡で見たことある？」

「もちろん。シンプリンは有名になりましたから、グーグルで検索すればいっぱい画像が出てくるので、最上博士もご覧になったことがあるかと思います」

「うん。実物をわたしにも見せてくれる？」

「どうぞ」

水原教授は電子顕微鏡のある作業台へ向かった。電子顕微鏡とパソコン端末が合体して一つの機器になっている代物だ。教授は試料をセットしてから、パソコンを操作した。やがて画面にシンプリンの姿が映し出された。やや長細い形状をしており、大腸菌と何となく似通っていた。シンプリンは人工的に合成されたとはいえ、細胞膜は既存の細菌のものを使っているため、形状としてはその細菌と同じようだ。

最上が画面を見つめながら水原教授に尋ねた。

「大きさはどのくらい？」

「だいたい一マイクロメートルほどです」

一マイクロメートルとは一メートルの一〇〇万分の一である。

「倍率をもっと上げてください」

水原教授は言われたとおりに電子顕微鏡の倍率を上げた。細胞の構造があらわになり、核と思しき円形の黒い点が現れた。

最上はじっと食い入るように画面を見つめていた。しばらくしてから、納得したようにうなずくと言った。

「バージョン2.0のほうを見せてください」

水原教授は一連の作業を繰り返した。シンプリン・バージョン2.0のほうには二つの細菌がおり、一方はシンプリンと見かけに変わりはなかったが、もう一方は一点だけ違いがあった。長い尾っぽのようなものが生えていたのだ。

水原教授が画面の尾っぽを指差し、最上ではなく祐一と長谷部に向けて説明した。

「これは繊毛《せんもう》と言われるものです。細菌にもオスとメスがありまして、オスのほうにはこの繊毛があり、繊毛から自分の遺伝子をメスの細胞の中に注入するんです」

「倍率を上げてください」

最上が再び頼んだので、水原教授は言われたとおりに繰り返した。細胞の核が浮かび上がり、細胞の中身がよくわかるようになった。

画面に食い入る最上の眼差しが鋭くなった。

「もっと倍率を上げて。一〇〇ナノメートルのスケールまで」

水原教授は少し驚いたようだった。

「最上博士、何を探してらっしゃるんですか？」

最上は教授の問いには答えず、じっと画面を観察し続けた。

「あっ！　これを見て」

最上が指差したものは黒い小さな点だった。教授もまた興味を示したようで倍率を上げると、その点だったものはサッカーボールのような多面体の形状をしたものだとわかった。

「これは……」

水原教授は言葉を失うほど驚いていたが、祐一も長谷部もそれの何が驚くことなのかさっぱりわからなかった。

最上が言った。

「これはね、ウイルスだよ」

水原がようやく口を開いた。

「いつの間にか感染していたんでしょうか。保管には気をつけていたはずなんですが……」

「ううん、初めから感染していたんだと思う」

「初めから?」

「そう。シンプリンには感染は見られなかったけれど、どこかの時点でバージョン2.0のほうにはウイルスが感染していたんだ。あるいは、わたしは思うんだけれど、シンプリンの一つがウイルスに感染して、シンプリンはそのために進化して雌雄を持つようになったんだよ」

「何ですって⁉」

水原はびっくり仰天して素っ頓狂な声を出した。

祐一も最上の言わんとする意味がようやく呑み込めてきた。

「最上博士、つまり、シンプリンは放射線照射で進化したのではなく、ウイルスに感染したことによって進化したと、そう言いたいんですね？」

「そういうこと」

長谷部も意味がわかって驚いているようだった。

「それって、この前話していたウイルス進化論とかいうやつだろ。最上博士はすべての生物はウイルスに感染したことで進化したって、そう信じているんだったよな……」

それがもしも事実なのであれば、榊原教授とランバード博士のノーベル賞受賞の夢など跡形もなく消え去るだろう。二人は放射線照射によりシンプリンが雌雄を持つように進化したと確信しているのだから。

祐一は断言するように言った。

「つまり、榊原教授がシンプリンを盗まれたと訴えたのは、シンプリンの進化は成功していなかったことを、ウイルスに感染したことで進化したことを、隠すためだったというわけです」

水原はすっかりうろたえて、上ずった声を出した。

「しかし、前に何度か観察したときには、ウイルスのようなものは見つかりませんでしたよ。もっとも、ナノスケールまで倍率を上げたことはありませんでしたが。何しろ相手は細菌だって思い込んでいますからね」

「たまたま暗黒期だったのかもしれないよ。ウイルスには、暗黒期といって、相手の細胞に感染してから、自分の身体をばらばらにして、自身のDNAやRNAを細胞内に放出するときに、見かけ上、姿が消えているように見える時期があるのね。そんなときに顕微鏡を覗いたのかもしれないね」

水原はうなずいた。

「そうかもしれません。いや、わたしではそもそも気づかなかったでしょう」

水原教授の研究室を出て三人だけになると、祐一は最上と長谷部に言った。

「交通事故で亡くなった東京科学大学の武田准教授はこのことに気づいたんでしょう。

それで、消されてしまった……」

長谷部が手帳を取り出して読みながら言った。

「時系列を整理させてくれよ。まず十月十五日、武田康太准教授が轢き逃げに遭って死亡。翌日の十六日、榊原が帝都大学と古都大学の二人の研究者にシンプリンの返却を要求。十月十八日、ライデン製薬からシンプリンが盗み出されるという流れだな。十五日以前に、武田准教授が何かを発見して、榊原に連絡を入れたに違いない。それで、榊原のやつ、パニクってカール・カーンに犯行を命じたってわけだ」

長谷部はうなった。

「とはいえ、動機はわかったが、確たる証拠はないし、武田准教授の事故といい、焼死した矢口健彦といい、犯人は証拠をいっさい残していない。周辺の防犯カメラの解析などを進めて、なんとか榊原を追い詰めたいところなんだが……」

実行犯はこれまでも何ら証拠を残さなかった沢田克也だろう。沢田は殺しのプロであり、カメラに映るような愚を犯すとは考えにくかった。

「いったいどうしたらいいんだ……」

祐一は途方に暮れた。

榊原茂吉の個人秘書である市川拓也もまた困惑をあらわにしていた。

「榊原先生と連絡が取れないんです。こんなことは初めてで、わたしも驚いています」

捜査の結果を報告するため、つまりは、本事案が榊原茂吉のたくらみから端を発していることを糾弾するために、祐一はライデン製薬を再訪した。

市川は例の腕時計で何度も連絡を取ろうとしたが、榊原はまったく応答しないのだということ。市川は半泣き状態で嘘ではなさそうだ。

「先日、あなたは榊原教授は海外に出張中と言っていましたが、教授がどちらに滞在されているかご存じですか？」

「いや、実は知らされておりません」

「あなたが最後に榊原教授と会われたのはいつですか？」

市川は言いにくそうにしてから口を開いた。

「実は、わたしは先生とお会いしたことは一度もありません」

「いつから秘書をされているんです？」

「一年半前からです。ずっとメールかホログラムでのやり取りばかりでした」

祐一は驚かされた。テレワークが広がっているというが、一度も本人と直《じか》に会ったことがないとは。

榊原茂吉はいったいどこで何をしているというのか……。

12

祐一が報告をしている間、島崎課長は応接用のソファの上で苦虫を嚙み潰したような顔をして、ずっと貧乏揺すりを繰り返していた。

「歯がゆい。歯がゆくて仕方がない。まるでおれの歯茎の裏側をナメクジが這《は》い回っているかのようにな。コヒ、おまえの言うことは状況的な証拠ばかりで、一つとして物的な証拠がないじゃないか。東京科学大学の武田康太准教授はたまたま不注意で交通事故に遭ったのかもしれない。矢口健彦は自分が犯した窃盗の罪を悔いて焼身自殺したのかもしれない。沢田克也なる人物が両者を殺害したなんていう物的な証拠は何もないんだ」

祐一は憤然と反論した。

「武田准教授を轢いた車は盗難車で、事故現場から一キロ離れた路傍に乗り捨てられていました。武田准教授の携帯電話の解析から、十月十四日にライデン製薬の秘書課に電話をかけていることがわかっています。その翌日に、武田准教授は事故に遭って死亡したんです。榊原茂吉が帝都大学と古都大学の二人の研究者にシンプリンの返却を要求したのは、さらにその翌日です。シンプリンに何か問題があったためと考えるのが自然でしょう」

懐疑主義者の島崎もさすがにうなっていた。

「だが、シンプリンが本当にウイルスに感染してバージョン2.0に進化したかどうかも、わからないことだろう。水原教授の保管の仕方が悪くて、バージョン2.0にウイルスが感染したのかもしれない」

「最上博士は帝都大学の水原教授に、シンプリンはウイルス感染によって進化した可能性について論文を書くようせっついています」

「で、書いてくれるって?」

「いえ、まだ……」

「書くわけないだろう。そんなことをすれば、榊原とランバードというその学界の権威に楯突《たてつ》くことになる。水原教授がこれまで築き上げたキャリアは一瞬のうちに吹き飛ぶだろうよ。最上博士の輝かしい経歴がかつて一瞬のうちに地に堕ちたようにな」

島崎はぐっと身体を乗り出してきた。

「沢田克也を何としても捕まえることだ。何もかも自白させて、おまえの妄想が真実だということを証明しろ。須藤朱莉という目撃者もいるし、そいつは殺人未遂で逮捕できる。そして、首謀者が誰かを告白させ、カーンの名を吐かせれば、カーンを落とせる」

そんなことはわかりきっている。祐一はそう喉まで出かかった言葉を呑み込んだ。

むしゃくしゃした気分を抱え、赤坂にあるサンジェルマン・ホテルへと向かった。

このホテルの二階にあるこぢんまりとしたラウンジには、宿泊しているときはいつも夕方ごろから最上博士がカウンターの止まり木に腰かけながらグラスを傾けているのである。

ラウンジに顔を出してみると、まだ早い時間帯のようで他に客はいなかったが、カウンターには小さな女性の影が見えた。最上友紀子博士である。

祐一に気づいた最上が手を振った。

「祐一君、ちょうどよかった。こっちこっち、早く」

祐一が隣に座ると、案の定、またバーテンダーと最上の年齢のことでもめていることがわかった。

「この新入りのバーテンさんがわたしのことを中学生だと疑わず、バーボンのロックを却下するのよ。わたしがもうお酒の飲める年頃の素敵なレディなんだって、証明してあげて」

祐一は仕方なく警察手帳を取り出した。

「こういう者です。こちらの女性は間違いなく成人されていますので、バーボンのロックと、黒のスタウトをください」

二人はお酒が来ると乾杯をした。

「いまのところ、榊原を追及できる物的な証拠固めができていません。大変残念なことですが」

最上は黙ったまま聞いていた。最上が一番悔しく思っているに違いなかった。

「わたしの見立てでは沢田克也は必ず須藤朱莉のもとに現れます。そのときがチャンスです」

最上はバーボンをあおってから言った。

「原初の誕生から連綿と続いてきた生命を殺してしまうのはとっても罪深いことだよ。これからも続いていくかもしれない生命の流れを断ち切ってしまうんだからね。祐一君は約束してくれたよね、真緒を殺した犯人を必ず捕まえてくれるって」

「はい」

「真緒を殺したのは榊原吉郎君だったけれど、黒幕はまだ捕まっていないんだからね」

「そのとおりです。黒幕を逮捕するまでは速水真緒さんの殺害事件を完全に解決したことにはなりません。真緒さんも浮かばれないでしょう。榊原茂吉を必ず逮捕してみせます」

「うん、約束ね」

最上は小指を突き出してきた。指切りげんまんだ。二人は子供の遊びのような指切りをしたが、祐一は後に引けない覚悟をあらためて感じた。

13

須藤朱莉が退院する日がやってきた。なお半年間の通院が必要だが、自宅での療養が可能となったのだ。

「しばらくは警護をつけたほうがいいかもしれません」

祐一は島崎に進言した。

島崎は判断に迷っているようだった。

「おまえは沢田克也が須藤朱莉の口を封じると確信しているようだな。沢田克也はそんな危ない橋を渡る必要があるんだろうか」

「必ず沢田は現れます。須藤朱莉は沢田克也を知る唯一の生き証人なんです」

東中野にあるマンションの住居を引き払い、須藤朱莉は両親のいる埼玉県大宮の実家へ戻った。二階建ての家屋で、コンクリートで埋め立てられた、ガレージを兼ねた小さな庭がついていた。朱莉は二階にある自室で療養することになった。両親は共働きだったが、母親が休暇を取って朱莉に付き添っていた。それも最初の二週間ほどで、朱莉が自分で生活できるとわかると、母親は仕事に戻っていった。庭の外の路傍で、警察官が常時一名立ち、交替で警備に当たっていた。

警察は朱莉の証言に基づき沢田克也の似顔絵を作成し、都道府県警察に配布していた。全国にいる約二六万人の警察官が沢田克也を知ることとなった。もちろん、島崎は沢田が何者で何をしたかについて詳細を明らかにしてはいなかったが。これは沢田にとって強力な圧力になっているに違いなかった。

朱莉が自宅に戻ってきてから一カ月が過ぎた。島崎はいつまで警護を続けるつもりなのかと聞いてきたが、祐一としてもそれがいつまでかかるのかわかるわけもなかった。現場の警備に当たる警察官からも緊張感が消えていくだろうことは目に見えていた。

全国二六万人の警察官の目が、沢田に圧力をかけ続けているはずだ。沢田が現れるならばいまだろう、そう祐一は思っていた。そんな矢先のことだった。

沢田克也はあえて昼下がりを狙った。警備をする者は人が寝静まる夜のほうが緊張して気持ちが昂ぶるものだからだ。昼食を終えた午後が人は一番気が緩む。家の前に男が通りかかろうとも不審がることもないだろう。

沢田はこの一カ月の間に目と鼻を整形手術により変えていた。大半の警察官を欺《あざむ》く自信はあったが、中には勘の鋭い者もいるし、須藤朱莉を誤魔化せるかと問われれば心もとなかった。

沢田としては、警備の警察官をたった数秒だけでも欺ければそれでよかった。

沢田はライダースジャケットにジーンズという出で立ちだった。須藤朱莉の家を通り過ぎるそぶりをした。周囲に人影はない。

まだ若い警察官は沢田の顔をじろじろと見つめた。何秒で沢田克也だと気づくだろうか。

二メートルほどに距離が近づいたとき、警察官が声を上げようと口を開きかけた。

沢田はそうはさせなかった。ジャケットの下に隠し持っていたサイレンサー付きの拳銃を引き抜くと、警官の眉間を撃ち抜いた。二秒もかからなかった。

警察官は絶命し、路傍に転がった。沢田は警察官の死体を須藤家の敷地に引きずり込んで隠した。玄関へ向かい、鍵がかかっていることを確認すると、ピッキングで難なく開錠した。ここまでに三分とかかっていなかった。

すぐに逃走できるように土足のまま廊下に上がり込んだ。屋内にも警官がいるかもしれないと警戒し、耳を澄ましてみたが、物音は聞こえなかった。

沢田はほくそ笑んだ。あまりにも容易すぎる。須藤朱莉は殺さなければならない。ボディハッカー・ジャパン協会がクローン実験をやっていた生きた証拠になりうるし、放射性物質入りのネックレスを手渡した、この自分の顔を見ている。

階段を上って二階にやってくると、沢田は一番手前の部屋の前に立った。ドアに耳をつけ、音を拾おうとしたが、何も聞こえなかった。別の部屋にいるのか、あるいは、寝ているのかもしれない。

沢田は静かにドアを開いた。ベッドの上に須藤朱莉が寝ていた。うつぶせになり、顔を窓側に向けていた。

沢田はサイレンサー付きの銃を構えようと腕を上げた。

まだ引き金を引いていないのに、銃声がとどろいたかと思うと、沢田は全身に激痛が走るのを感じた。

気を失うほどの痛みののち、沢田は床に倒れ込んだ。身体を動かそうとするも、まったく動かない。

ベッドの上に寝ていた女が降りてきた。須藤朱莉ではなく、男の刑事がかつらをかぶっていたのだ。確か、玉置孝という刑事だ。

背後で人の気配がした。部屋の入り口に隠れていたのだろう。

「本当は撃ち殺してやりたかったんだけどな、特別に上に頼んで、テーザー銃を使わせてもらった。これを使ったのは日本の警察官ではおれが初めてだろうよ」

長谷部勉警部だ。

長谷部は荒々しく沢田の腕をつかむと、後ろ手にひねり上げ、両手に手錠をかけた。

窓の外で何かが光るのが見えた。玉置が窓を開けた。驚くべきことに、銀色の円盤が宙を浮いているではないか。沢田は意識を失いかけ、夢を見ているのかと思った。

円盤の上には一人の少女が乗っており、その顔は最上友紀子博士であるように見えた。

終章

取調室の隣室に設置されたマジックミラー越しに、須藤朱莉は拘束された男を見ると、間違いなく沢田克也であり、自分に放射能物質入りのネックレスを手渡した男だと断言した。

祐一は長谷部とともに取調室に入った。沢田が顔を上げた。短く刈り込んだ髪をして、目鼻立ちもカーンとは少し異なっていたが、背恰好や雰囲気がよく似ていた。沢田にもカリスマ性が感じられたのだ。

沢田は何者にも屈しない不動の眼差しで祐一を見た。

祐一はそんな沢田への怒りを抑えつけ、静かに見つめ返した。

「おまえは、複数の殺人と須藤朱莉さんの殺人未遂の容疑で起訴される。われわれとしてはもちろん死刑に持っていくつもりだ。長い戦いになるだろうが、われわれはけっしてあきらめない」

沢田は黙ったままだったが、その表情にわずかに悔しさがにじむのがわかった。

「東京科学大学の武田康太准教授と矢口健彦の殺害を命じたのは、榊原茂吉だな？ それとも、カール・カーンか？ 動機はシンプリンに不都合な問題が見つかり、そのことを武田准教授から指摘されたからだ。違うか？」

沢田の目が見開かれた。すぐにはわからなかったが、それは驚きなのだと知った。沢田が笑い出したからだ。

「あんたは何もかもお見通しなのかと思ったら、何にもわかっていないんだな」

そう言って、なおも沢田は笑い続けた。

長谷部が怒声を上げた。

「どういうことだ」

「どうもこうも……、おれたちがクローンだって知っているんじゃなかったのか。記憶共有実験を阻止したとも聞いているぞ」

祐一にはわけがわからなかった。カーンたちの隠しごとは見通していると思い込んでいたが、まだ何か秘密があるというのか。

沢田は、祐一たちが知らない秘密を握っていることに優越感を感じているようだった。身体を前に乗り出して、凄みのある声で言った。

「こういうことだよ。おれたちは過去の記憶を共有しているが、それと同時に意識もまた共有している。複数の端末がクラウドでつながっているようにな。表層的な顕在意識ではなく、より深いところの潜在意識でつながっているんだ。おれたちクローンはオリジナルの記憶を、意識を共有している」

「榊原茂吉の、ということだな？」

「そうだ。オリジナルは榊原茂吉だ。おれたちクローンは榊原の過去の記憶と意識を共有している。すなわちクローンは遺伝的な意味でも、そして意識的な意味でも榊原茂吉と同一であるということだ」

祐一は啞然《あぜん》として沢田の言葉を聞いていた。戦慄が背中を這い上がっていく。

「榊原の喜びはおれたちの喜びであり、榊原の怒りはおれたちの怒りなんだ。わからないのか？　おれは榊原の怒りの側面を解消するために行動している。榊原茂吉やカール・カーンがおれの主なんじゃない。おれはおれの意志で動いているんだ。おれたちの間に主従関係なんてないんだよ」

もしも、沢田の言うことが本当ならば、榊原茂吉を逮捕できない。榊原茂吉はクローンたちに指示を出していないからだ。クローンたちは自分の意志で動いているからだ。

取調室を出ると、隣室で話を聞いていた最上が立っていた。最上もまた、いままでに見たことがないほどショックを受けたような顔をしていた。


「にわかには信じられないことかもしれないけれど、榊原茂吉教授とカーンさんたちクローンは、意識を共有している、つまり、一心同体ってことなの」

会議室に戻ってくると、最上が沢田との会話について説明した。

「あー、頭がこんがらがってきた」

長谷部がこめかみを両手の指でもんだ。

「おれはそれ、信じないでいいかな？」

祐一は最上に言った。

「沢田ははったりを言っているのかもしれませんよ」

「わたしは沢田さんの言葉ははったりや嘘じゃないと思う」

祐一は考え込んでしまった。たとえ、クローンが独断で行ったとしても、これまでに起きた殺人事件や未遂事件の元凶が、榊原茂吉であることに変わりはないではないか。

「カーンからも話を聞いたほうがよさそうですね。沢田がこちらの手にある以上、カーンはいつまでも白を切り続けることはできないでしょう」

祐一は長谷部と最上を見た。

「妻のことで聞きたいこともありますので、わたしだけでカーンと会ってこようかと思います」

「そうだね。祐一君の奥さんの亜美さんもクローンだったもんね。なぜ亜美さんは生まれたのか、誰のクローンなのか、祐一君には知る権利があると思うよ」


「いらっしゃるんじゃないかと思っていました」

祐一は単身ボディハッカー・ジャパン協会のビルに乗り込むと、カール・カーンとの面会を申し入れた。現れたカーンはいつもの朗らかな笑みを浮かべていた。泰然自若としている。自分が追い詰められているなどとは微塵も感じていないかのように。

「沢田克也が白状しました」

祐一は開口一番にそう言った。

「あなたたちは榊原茂吉のクローンだということを。それでもまだ白を切り続けますか」

カーンが答えようとする前にさらに続けた。

「沢田克也と会田崇のゲノムを鑑定してみた結果、両者のゲノム情報は完全に一致していました。したがって、二人がクローンであることはすでに判明しています」

カーンは静かな表情のまま小さくうなずいた。

「そうですか」

「それだけですか？　いままで嘘をついていたことを認めますね？」

「ええ。嘘をついていたことは謝罪します。あまり公《おおやけ》にしたいことではありませんでしたからね。おっしゃるとおり、わたしは榊原茂吉のクローンです。しかし、そのことが罪になるんでしょうか？」

「そのことが罪になるとは言っていません。クローン実験の全容を隠蔽《いんぺい》するために人を殺したことが罪になると言っているんです。それだけじゃない。これまでに最先端の科学技術を隠蔽するために、口封じで人を抹殺してきたことを言っているんです」

「わたしが命じたのではありませんよ」

祐一はうなずいた。

「そのことも沢田克也から聞きました」

祐一は沢田から聞いた話を語って聞かせた。カーンは否定も肯定もせずに聞いていた。

「榊原茂吉に会う必要があります。すべての元凶はあの男です。カーンさん、あなたなら榊原と会うセッティングをしてくれますね？」

カーンは小さくかぶりを振った。

「残念ながら、わたしですら榊原がどこにいるのかわからないんです。生きているのか、死んでいるのかさえわからないんです」

「榊原の秘書の男性も同じようなことを言っていましたが、わたしはつい最近、榊原茂吉の秘書の身に着けた腕時計から榊原がホログラムになってしゃべるのを見ていますよ」

「ホログラムでしょう。実物を見たわけではないですよね」

祐一は不穏なものを感じた。

「榊原はもはやこの世に存在しないかもしれないと？」

カーンは肩をすくめた。

「わかりません。本当にわたしも知らないんです。できることなら、わたしも榊原に会いたいんですがね。わたしたちは同じ思いですよ。小比類巻警視正、あなたも殺人事件を解決するだけではなく、個人的な理由からでもお会いしたいんじゃないですか？」

カーンは射貫くような目で祐一を見た。

「あなたの亡くなった奥さんのオリジナルは誰なのか？　また、奥さんをこの世に生き返らせるためにもね」

主要参考・引用文献

本著を執筆するに当たって、左記の著作物を参考にさせていただきました。一部引用させていただいた箇所もあります。ありがとうございました。

『合成生物学の衝撃』須田桃子　文藝春秋
『人工培養された脳は「誰」なのか　超先端バイオ技術が変える新生命』フィリップ・ボール　原書房
『したたかな寄生　脳と体を乗っ取り巧みに操る生物たち』成田聡子　幻冬舎新書
『あなたの体は9割が細菌　微生物の生態系が崩れはじめた』アランナ・コリン　河出文庫
『闇の支配者に握り潰された世界を救う技術　未来編』ベンジャミン・フルフォード

イースト・プレス
『コールド・リーディング　人の心を一瞬でつかむ技術』イアン・ローランド　楽工社
『別冊Ｎｅｗｔｏｎ　時間とは何か　タイムトラベルは可能か？』ニュートンプレス
『すごい物理学講義』カルロ・ロヴェッリ　河出文庫
『文系でもよくわかる　日常の不思議を物理学で知る』松原隆彦　山と溪谷社

サイエンスライターの川口友万氏からは科学にまつわる面白いお話をたくさんいただきました。心から感謝を申し上げます。本文中に間違いがあれば、著者の責任ですので、ご了承のほどお願い申し上げます。

本作はフィクションであり、作中の登場人物、事件、団体、商標などは、実在のものとは関係がありません。作中で触れられている科学的事象に関しましては、過去のＳＦが現実になる時代において、基本的に事実のみを記載しています。物語をエンターテインメントにするための論理の飛躍は多少行いました。人類の叡智の結晶である科学はわれわれにユートピアをもたらしてくれるかもしれませんが、良識と良心を失えば、それがディストピアにもなりかねません。読者のみなさまには、科学の素晴らしさと幾ばくかの危うさを、ミステリーの中で、楽しんでいただけましたら幸いです。

（著者）

光文社文庫

文庫書下ろし

SCIS《エスシーアイエス》 科学《かがく》犯罪《はんざい》捜査班《そうさはん》Ⅳ　天才《てんさい》科学者《かがくしゃ》・最上《もがみ》友紀子《ゆきこ》の挑戦《ちょうせん》

著　者　中《なか》村《むら》　啓《ひらく》

2021年5月20日　初版1刷発行
2022年4月15日　2刷発行

発行者　鈴　木　広　和
印　刷　新　藤　慶　昌　堂
製　本　榎　本　製　本

発行所　株式会社　光　文　社
〒112-8011　東京都文京区音羽1-16-6
電話（03）5395-8149　編　集　部
8116　書籍販売部
8125　業　務　部

落丁本・乱丁本は業務部にご連絡くだされば、お取替えいたします。
ISBN978-4-334-79191-9　Printed in Japan

組版　萩原印刷

光文社文庫　好評既刊

駅に泊まろう！　コテージひらふの雪師走　豊田　巧
隠蔽人類　鳥飼否宇
逃げる　永井するみ
にらみ　長岡弘樹
ニュータウンクロニクル　中澤日菜子
月夜に溺れる　長沢　樹
ロンドン狂瀾（上・下）　中路啓太
万次郎茶屋　中島たい子
ぼくは落ち着きがない　長嶋　有
霧島から来た刑事　永瀬隼介
海の上の美容室　仲野ワタリ
SCIS　科学犯罪捜査班　中村　啓
SCIS　科学犯罪捜査班Ⅱ　中村　啓
SCIS　科学犯罪捜査班Ⅲ　中村　啓
SCIS　科学犯罪捜査班Ⅳ　中村　啓
SCIS　科学犯罪捜査班Ⅴ　中村　啓
スタート！　中山七里

秋山善吉工務店　中山七里
能面検事　中山七里
蒸発　新装版　夏樹静子
Wの悲劇　新装版　夏樹静子
誰知らぬ殺意　夏樹静子
いえない時間　夏樹静子
雨に消えて　夏樹静子
すずらん通り　ベルサイユ書房　七尾与史
すずらん通り　ベルサイユ書房　リターンズ！　七尾与史
東京すみっこごはん　成田名璃子
東京すみっこごはん　雷親父とオムライス　成田名璃子
東京すみっこごはん　親子丼に愛を込めて　成田名璃子
東京すみっこごはん　楓の味噌汁　成田名璃子
東京すみっこごはん　レシピノートは永遠に　成田名璃子
血に慄えて瞑れ　鳴海　章
アロの銃弾　鳴海　章
体制の犬たち　鳴海　章